불안

울체스와 아일린에게

불안

O. Z. 리반엘리 저

고영범 역 (사라 질라니의 영역본으로부터 옮김)

이 작은 세계 속의 모든 사람이 상처받고 있다: 이름도 없이,
모든 사람이 자기 자리에서 쫓겨나 있다.

- 페르난도 페소아, 불안의 서

너의 얼굴에서 나의 얼굴을 봤다.
너의 입술에서 내 목소리를 들었다.

- 이븐 아라비

젊은이여, '하레세'가 무슨 뜻인지 아는가? 고대 아랍에서 쓰던 말이지. 탐욕, 욕심, 야심, 게걸스러움. 이런 종류의 말들의 뿌리에 놓여 있는 말일세. 이게 바로 '하레세'야, 젊은이. 낙타를 일컬어 사막의 배라고 하지 않나? 이 축복받은 짐승은 워낙 강인해서 먹지도 마시지도 않은 채 몇 주 동안이고 사막을 걸어갈 수 있지. 그런데 이놈들은 모래 속에서 자라는 한 가지 특정한 종류의 엉겅퀴를 아주 좋아한다네. 그래서 이걸 만날 때면 걸음을 멈추고는 뜯어먹기 시작하는데, 그걸 씹는 동안 억센 가시가 입안을 온통 너덜너덜하게 만들어 놓게 되지. 이때 입속에서 흐르는 피의 찝찔한 맛이 엉겅퀴의 맛과 섞이게 되는데, 낙타는 바로 이 맛을 너무나 좋아한다네. 그놈들은 씹으면서 피를 흘리고, 피를 흘리면서도 씹지. 낙타는 이거라면 한도 끝도 없이 먹으려 들어. 억지로 그만두게 하지 않는다면 아마 과다출혈로 죽을 때까지 계속 먹을 거야. 이게 바로 '하레세'라네. 내가 이미 말했지만, 이게 바로 탐욕, 욕심, 게걸스러움을 일컫는 우리 말의 뿌리일세. 그리고 이게 바로, 젊은이, 중동이 걸어왔고 가고 있는 길일세. 우린 역사가 시작될 때부터 서로를 죽여왔네. 상대를 죽임으로써 자기 자신도 죽이고 있다는 사실을 자각하지 못한 채로. 우린 우리 자신의 피에 취해 있는 걸세.

후세인에게로 다가가는 여행

붉은 바람 속으로 들어가다

"설령 저를 다시 어머니 자궁 속으로 집어넣으시더라도요,
어머니, 이젠 절 보호하실 수 없어요!"

이게 후세인이 자기 어머니에게 남긴 마지막 말이 되었다. 노인은 이 문장을 혼잣말로 되풀이하면서 흰색 면 스카프의 귀퉁이로 눈물을 찍어냈다. 노인의 눈은 울음 때문에 붉게 충혈되어 있었다. 그의 누이동생 아이셀도 그가 작별인사를 하는 동안 문가를 서성이면서 이 말을 들었다. 아이셀은 오빠의 목 뒤로 두 팔을 둘러 꼭 안아줬지만, 후세인은 거의 손을 들어 올리지도 않았다. 그 따뜻한

몸짓을 되돌려주기에는 이미 너무 지쳐 있었던 것이다. 총상을 입은 왼팔은 어차피 들어 올릴 수 없는 상태이기도 했어요. 오빠는 자기가 죽음을 향해 걸어가고 있다는 걸 알고 있는 것 같았어요. 그때 난, 우리가 오빠를 위해서 해줄 수 있는 게 아무 것도 없다는 사실을 알게 됐어요. 아이셀은 말했다. 이 모든 게 어쩌면 그 여자 때문이에요.

"설령 저를 다시 자궁 속으로 집어넣으시더라도요, 어머니, 이젠 절 보호하실 수 없어요!"

이 문장은 후세인이 이 지상에 살면서 마지막으로 입 밖에 낸 말은 아니었지만 어머니와 누이동생과 작별인사를 나누면서 마지막으로 한 말이었다. 그의 아버지는 이미 오래전에 세상을 떠났고, 두 형은 미국에 살고 있었다.

후세인의 가족을 만나러 비행기를 타고 마르딘에 갔을 때, 시리아와의 국경 근처에 있는 이 오래된 타운에는 또다시 곱고 붉은 먼지가 덮치고 있었다. 노련한 연출가가 자기 작품의 주제에 꼭 맞게 무대를 장식하듯이, 이 붉은 먼지의 구름은 이 타운의 거리와 집들을 모조리 붉은색으로 칠하고 있었다. 그것은 자기의 죽음을 내다본 후세인의 예언과, 아들을 잃은 그의 가족의 고통에 연결되어 있는 것처럼 보였다. 나는 이 붉은 먼지에 대해 잘 알고 있었다. 우리의 어린 시절, 후세인과 내가 같은 반 친구였을 때, 이것과 똑같은 진홍빛의 바람이 시리아의 사막으로부터 불어오곤 했다. 그 안에서는 숨을 쉬기도 어려웠고, 모래의 열기 때문에 땀이 흘러내렸다. 이 진홍빛 바람이 불어올 때면 노점상들은 늘어놓았던 것들을 거둬들이고 서둘러 가까운 실내로 들어갔고, 가까운 데서 피신처를 구하지 못한 사람들은 손수건으로 입을 틀어막은 채 기침을 하면서 거리를 뛰어가게 마련이었다. 그로부터 오랜 세월이 지난 지금, 그때와 똑같은 붉은 먼지가 내 귀향을 맞이하고 있는 것이다.

후세인이 가족들에게 작별인사를 하던 날도 이 붉은 먼지가 덮고 있었다. 우리가 마지막으로 오빠를 본 날, 그날 오빠 얼굴은 먼지 때문에 오렌지색이었어요. 아이셀은 기억을 더듬었다. 엄마는 오빠한테 그런 어두운 생각은 하지 말라고 애원했어요. 오빠가 떠나고 나서는 물을 한 양동이 땅에 쏟으셨죠. 지금 떠났다가, 물이 흘러가는 것처럼 쉽게 다시 돌아오라고요. 하지만 오빠는 이미 떠난 후였어요—사라졌어요. 붉은 먼지의 구름 속으로. 아이셀의 모친은 자기가 마지막으로 본 아들의 모습이 핏빛처럼 붉은 얼굴이었다고 탄식하면서 아이셀 쪽으로 몸을 돌렸다. 그리고는 다시는, 절대로, 이 지붕 아래서는 그 여자의 이름을 꺼내지도 말라고 아이셀을 나무랐다. 그 악마의 딸—그 여자가 내 아들을 바닥으로 끌어내렸고, 우리 가정을 어둠 속에 잠기게 했고, 가는 데마다 병을 퍼뜨렸어. 그 여자는 악마라고 불러서 나쁘네. 아이셈의 어머니는 울부짖었다.

이 말들을 들으면서, 도대체 후세인과 그 여자 사이에서 무슨 일이 있었던 건지 궁금해졌다. 후세인에게 일어난 이 모든 일들—총에 맞아 부상당한 일—은 메소포타미아 땅에서 벌어졌는데, 대체 미국엔 왜 갔던 걸까? 여기에선 총에 맞고 거기에선 죽고—무슨 운명이 이따위란 말인가?

마르딘을 떠나고 나서 두 달 후, 미국의 한 병원 응급실로 옮겨진 후세인이 마지막으로 힘겹게 뱉어낸 말은, "한때는, 난 사람이었다."는 것이었다. 후세인의 형이 전해준 바로는, 잭슨빌에 있는 그 병원의 인도인 의사가 후세인의 이 마지막 말을 전화기에 녹음해 두었다고 했다. 그가 하는 말을 알아듣는 사람이 아무도 없었기 때문이다. 그 의사는 나중에 후세인의 형들에게 이 녹음을 들려주었고, 이들은 이 말을 영어로 옮겨 주었다. 의사는 그 번역이 잘못된 것 같다는 생각에서, 혹시 그 말이 "나는 사람이다"는 것 아니냐고 계속 물어봤다고 한다. 아뇨. 형들이 대답했다. 후세인은 매번 과거형으로 말했어요. 마치 이미 죽어 있었던 사람처럼.

후세인의 형이 그의 관과 함께 들고 온 사망진단서에는 이렇게 쓰여 있었다. 후세인 일마. 터키공화국 시민. 32세. 남성. 코케이시언. 2016년 9월 26일 밤 11시 44분. 사인은 복부와 신장의 자상.

마르딘에서의 내 모험이 어떻게 시작됐는지 하는 얘기부터 시작하는 게 좋겠다. 주중에 매일 하는 것처럼, 그날도 나와 동료들은 오전 열한 시에 신문사 이층 회의실의 타원형 테이블에 모여앉아서 편집회의를 하고 있었다. 섹션별 편집자들이 각자의 아이템들을 요약하면서 그날의 기사를 훑어나갔다. 우리가 "레제프 경감"이라고 부르는 동료가, 항상 그래왔듯이, 가장 자극적인 살인사건을 위해 할애돼 있는 3면의 주요기사로 실을 사진들을 늘어놓기 시작했다. 끔찍한 자동차사고나 살인사건으로 사체들이 뒤엉켜 있는 사진들을 늘어놓으면서 촬영이 아주 기가 막힌다는 찬사를 늘어놓곤 하는 그의 말버릇에 이미 익숙해져 있었기 때문에 우리는 마음의 준비를 단단히 하고 있었다. 저널리즘의 문법에 의하면, 이미지는 피투성이일수록 더 좋은 법이다. 그는 '일반 사건'으로 분류되어 있는 것들부터 시작했다. 공공장소에서 전처를 칼로 찌른 남자, 아내를 총으로 쏘고 스스로의 목숨을 끊은 경찰관, 하는 식의 소소한 이야깃거리들이 이어졌다. 그러다가 그는, 마침내, 그날의 메인 코스를 내놨다. 미국의 잭슨빌에서 피자가게를 운영하는 두 형의 가게에서 일하다가 인종차별주의자, 반무슬림 깡패들에게 칼에 찔려 치명상을 입은 터키인 후세인 일마에 대한 이야기였다. 이제 서른두 살 먹은 이 사내는 이 부상으로 인해 병원에서 죽었다. 그 타운의 시장은 그 공격이 무슬림에 대한 두려움에서 비롯된 비겁한 행위라고 경멸적으로 비난하는 성명을 내놨다. 미국의 매체들은 사진은 배포하지 않기 때문에 레제프 경감은 사건과 관련된 사진을 보진 못했지만, 마르딘의 주민등록 관련 자료에서 사망자의 증명사진을 찾아낼 수 있었다. 그는 이 사건이 종교적으로 보수적인 독자들의 관심을 끌 수 있을 거라고 생각했고, 그래서 그 사진과 함께 들어갈 짧은 기사가 필요하다고 했다. 그 이야기를 듣는 동안, 내 마음은 엉뚱한 델 헤매고 있었다. 이 사람의 이름이 후세인 일마이고, 마르딘에서 태어난 서른두 살의 사내라면, 그 사내는 다름 아니라 내 어린 시절의 친구인 후세인일 것이었다. 그 타운에서 같은 해에 같은 이름을 가진 사내애가 태어난 게 아니라면 말이다. 나는 그 후세인이라는 사내가 마르딘의 어느 지역 출신인가를 레제프 경감에게 물었다. 그가 키질페라고 대답했을 때, 나는 그 사내가 내 친구 후세인이라는 걸 확신하게 됐다. 교실에서 나와 같은 줄에 앉았고, 함께 구슬치기를 했으며 둥지에서 아기 새를 훔치는 짓을 같이 했던 그 아이. 그 자그마하고, 호기심이 많던 아이. 오랜 세월 동안 못 보고 지낸 내 어린 시절의 친구.

　마르딘에서는 더 이상 누구도 밖에 나와 놀지 않았다. 내가 그 모든 파괴에서 기적적으로 살아남은 어린 시절의 공터에 발을 디디자마자, 후세인은 어린 시절이라는 다른 차원의 세계로부터 튀어나와 내 머릿속 깊은 곳에 자리를 잡아버렸다. 돌멩이 위에 작은 나뭇조각을 올려놓고 긴 막대기로 쳐올린 후, 빙글빙글 돌면서 허공으로 떠오른 그 작은 나뭇조각을 긴 막대기로 후려쳐서 멀리 날려 보내는 놀이를 하는 내 모습이 떠올랐다(나는 나중에, 어린 시절의 이 놀이를 '가난한 자의 야구'라고 이름 붙여놓고 따뜻한 마음으로 떠올리곤 했다[1]). 그 놀이를 하는 어린 시절의 내 모습이 그려지자마자, 깜짝 놀랄 정도로 많은 기억들이 떠오르기 시작했다. 그 시절의 내가 돌아왔다. 나는 이제 후세인뿐만 아니라, 메흐멧, 라이프, 사프터, 피크렛, 뮈니르, 타히르 등, 그 시절에 가까이 지내던 친구들 모두를 떠올리고 있었다. 후세인은 우리들 중 가장 작고, 마르고, 얼굴이 뾰족하게 생긴 아이였다. 후세인은 우리들 중 누구하고도 팔씨름을 하려 하지 않았다(못했다). 아예 처음부터 패배를 인정하는 쪽이었다. 대신에 후세인은, 우리 모두가 배워야 했던 꾸란에서 가장 뛰어났다.

우리는 자그마한 아랍어 알파벳으로 된 책자를 가죽으로 싼 작은 부적처럼 목에 걸고 다녔는데, 그걸 벗어서 독서대에 올려놓고는 바닥에 주저앉아 아무런 머뭇거림도 없이 제일 먼저 낭랑하게 "알리프, 베, 테, 세, 젬…" 하고 읽기 시작하는 건 언제나 후세인이었다. 그는 이따금 "예언자의 얼굴을 한 번이라도 볼 수 있다면, 그리고 그 자리에서 죽을 수 있다면!" 하는 식의 경건한 탄식을 내뱉어 우리를 놀라게 하기도 했다. 후세인은 항상 병적으로 심각한 땅꼬마였다. 그는 진홍색 바람이 불어오는 건 이제 종말이 가까웠다는 표식이며, 세상의 즐거움에 너무 빠져들지 말라는 경고라고 우리에게 말하곤 했다. 우리는 후세인의 극단적인 말들을 비웃다가 할 수 있는 수단을 다해 얼굴을 가리고, 입안으로 들어오는 붉은 모래를 씹으면서 모래바람을 피할 곳을 찾아 집으로 달리곤 했다. 후세인은 또한, 우리가 대충 만든 새총으로 새를 쏠 때마다 와서 이런 식으로 죄를 지으면 안 된다고 간절하게 설득하곤 했다. 넌 닭고기 안 먹니? 그것도 새야, 이거랑 마찬가지로. 하나는 날아다니고 하나는 땅 위에서 돌아다닌다는 차이밖에 없는데, 도대체 무슨 상관이야. 우리는 후세인을 약 올리기 위해서 이렇게 말하곤 했다. 그러면 후세인은 아주 진지하게 고개를 흔들면서 아———니, 라고 대답하고는 이렇게 말하는 것이었다. 너네 저 새들이 꾸란에 나오는 그 새들의 후손이면 어떡하려고 그래? 이교도인 아라바의 부족이 성 카바[2]에 도달하는 걸 막아섰던 그 새들 말이야. *너희가 그걸 어떻게 알아?*

그러면 페이스티 이스마일은 화가 나서 땅에 침을 뱉고는 이렇게 말하곤 했다. 야 이 멍청한 놈아, 넌 왜 꼭 뭐든지 다 망칠라 그래. 꼭 그렇게 다 잡쳐놓고 싶으면 넌 그냥 집에 가, 우리끼리 재미있게 놀게.

어느 날 학교에서, 제말 선생님—그 선생님은 끊임없이 뿔테 안경을 닦으면서 작게 빠드득 소리를 내곤 했기 때문에 우린 그를 빠드득 선생님이라고 불렀는데—은 '파트와[3]'에 대해 설명하면서, 우리들 중 그걸 내놓을 수 있을 아주 작은 가능성이라도 있는 사람이 누가 있겠는가 물었다. 우리의 시선이 일제히 후세인을 향하자, 선생님은 웃으면서 아마도 우리 생각이 맞을 거라고, 우리들 중 '파트와'를 내놓을 사람이 있다면 그건 아마도 후세인일 거라고 말했다. 후세인은, 의심할 여지 없이, '물라[4]'가 될 운명이라고 하면서 말이다.

우리의 그런 시절은 끝도 없이 이어졌다. 해는 지지 않았고, 시간은 좀처럼 가지 않았다. 우리는 지루함에 몸을 비비 꼬았고, 놀이를 발명했고, 막대기로 모래에 그림을 그렸고, 굴렁쇠를 굴렸고, 아니면 그 뜨거운 붉은 태양 아래 그냥 앉아 있곤 했다. 다른 시간, 다른 공간의 세계였다. 내가 호출한 적이 없는 과거의 이 '나'는 느닷없이 현재의 나─이스탄불이라는 대도시에 한 사무실 건물로부터 또 다른 고층건물로, 버스에서 지하철로, 차들로 꽉 막힌 한 도로에서 또 다른 도로로 헉헉거리며 뛰어다니며 사는─를 향해, 마치 꿈속 저 깊이에서부터 올라오듯이, 다가왔다. 어느 '나'가 더 힘이 센가? 지금의 나인가, 아니면 과거의 나인가? 그때의 '나'는 대도시에서 교육을 받기 위해 버스를 타고 떠나면서 스카프로 머리를 가린 어머니와 *하드지*[5]인 아버지를 향해 작별인사를 하던 소심한 소년이었다. 이 '나', 내 안에 숨어 있던 또 다른 자아는 내가 마르딘으로 돌아온 후 그 모습을 드러내기 시작했다. 무릎의 상처 딱지를 뜯어내어 그 아래의 분홍색 연한 살을 드러낼 때의 그 달콤한 고통을 즐기던 일이며, 우리의 어머니들이 우리를 목욕탕에 집어넣고 거친 때밀이 장갑을 낀 손으로 우리의 겨드랑이며 옆구리 같은 연약한 부위를 인정사정없이 문지르고는 머리 꼭대기부터 뜨거운 물을 부어내리며 때를 벗기던 일, 분홍색 천으로 가려진 곳으로부터 우리 쪽으로 은은히 풍겨 나오던 자극적인 향기(이 제모용 허브는, 말할 것도 없이, 우리에게는 미지의 영역이었다), 목욕탕 지붕에 난 구멍들로 쏟아져 내려오는 햇볕의 기둥들 사이로 부드럽게 굽이치던 증기의 구름 같은 것들. 마음보다 훨씬 먼저, 몸이 어린 시절을 떠올렸다. 물이 서서히 올라와 댐을 채우듯, 기억들이 내 안에서 올라왔다.

내 마음의 눈은 성인이 된 후세인을 그려내는 데 곤란을 겪고 있었다. 미국에서 그들이 칼로 찔러 죽인 사람, 내 친구에 대해 내가 가지고 있던 이미지는 내가 마르던 시절에 알고 있던 암사슴의 눈길을 가진 허약한 아이, 그것 하나뿐이기 때문이었다.

그러나 내가 일하는 신문사에서 찾아낸 사진 속의 사람, 내가 나중에 그의 가족한테서 얻은 바로 그 사진 속의 그 사람은, 예전과 똑같은 그 눈길만 제외한다면 완전히 다른 사람이었다. 뿔테안경에 벗겨지기 시작한 이마, 얇은 입술에 여윈 얼굴을 한 이 젊은 사내의 모습은 그의 내면에 들어 있는 소심함을 보여주고 있을 뿐이었다. 한 번 보고 잊어버린다고 해도 이상할 게 하나도 없을 얼굴이었다. 내 아들이 남겨놓은 건 이게 다란다, 이 사진이 들어 있는 오래된 사진첩을 내게 건네주면서 그의 어머니는 이렇게 말했다. 잊지 말고 돌려다오. 우린 그의 어머니를 아디예 아주머니라고 부르곤 했는데, 옛날에도 나이 들어 보이던 이 동쪽 지역의 여인은 이제 허리도 굽었고, 얼굴에는 깊은 주름이 새겨져 있었다.

그 여자의 사진도 여기에 있는가 하고 물었다. 아디예 아주머니는 고개를 세차게 흔들면서 없다고 말했다. 터무니없는 소리, 그 악마의 사진은 여기 없어. 한 장 있었지만 가위로 눈알을 파내고는 저주를 되돌려보내는 주문을 외우면서 난로에서 태워버렸다고 했다. 그 악마의 영혼이 아무리 돌아오려고 애써도 못 올 거야. 집 안 구석구석 야생 운향을 매달아놨고, 여기저기에 상추잎을 널어놨거든.

창문을 열면 갑자기 찬 공기가 얼굴을 치는 것처럼, 나는 그제야 이 낡은 이층집에 들어선 후로 느끼고 있던 설명할 수 없는 불안감의 이유를 깨달았다. 집 안에는, 정말로, 어딜 가나 상추잎이 널려 있었다. TV 위에도, 장의자 위에도, 탁자 위에도, 소파 위에도 상추가 놓여 있었다. 수십 장의 싱싱한 녹색 상추잎이, 그걸 올려놓을 만한 여백이 있는 곳에는 빈틈없이 놓여 있었다. 아디예 아주머니는 슬픔에 의해 파괴되어 이미 미쳐가는 상태였지만, 사방에 널려 있는 상추의 모습은 아주머니의 그런 상태를 알고 찾아오는 사람들조차 제정신을 차리지 못하게 하기에 충분한 것이었다. 나는 그 상추들이 대체 뭐에 쓰는 물건인지 물어보려고 했지만, 아디예 아주머니는 마지막으로 그 여자의 이름이 언급되는 걸 막기라도 하려는 듯 벌써 비난으로 길을 쓴 꾸린에 입을 맞추고 앞이마에 대느라 정신이 없었다. 아이셀은 나중에 자기가 설명해 줄 테니 지금은 제발 조용하라고 말하는 듯한 시선으로 나를 쳐다봤다. 사진첩을 손에 들고 상추에 대한 궁금증은 마음에 품은 채, 나는 호텔로 돌아왔다. 나는 아이셀이 자기의 가여운 어머니가 제정신을 잃었노라고 말해줄 거라 생각했지만, 내가 나중에 호텔로 찾아온 아이셀로부터 들은 건 그와 달랐다. 아이셀은 내가 어린 시절 갈망하는 마음을 안고 바라보곤 하던 아몬드형의 짙은 눈으로 날 쳐다보면서, 그 상추잎들은 실제로 어떤 구체적인 의미를 지닌다고 말해줬다. 그 여자가 그것들을 두려워했다는 것이었다.

"뭐, 상추를? 그러니까, 다른 것도 아닌 그 평범한 상추를?"

"응, 그래. 상추 때문에 모든 비밀이 다 드러났어."

그 비밀이란 게 대체 뭐였냐고 내가 물었을 때 아이셀의 대답은 그 여자, 멜렉나즈는 악마의 화신이라는 것이었다.

"대체 상추가 악마랑 무슨 관계가 있는데?"

"밀접한 관계가 있어, 알고 보니까. 우리도 몰랐지. 우리도 지금 오빠가 놀라는 것만큼이나 깜짝 놀랐어."

아이셀이 그녀의 어머니와 동시에 제정신을 잃는다는 건 상상하기 어려운 일이었으므로, 나 역시 이 상추에는 어떤 종류의 알려지지 않은 의미가 있다는 걸 인정해야 했다. 나는 내가 이 이야기 안으로 점점 더 깊이 끌려들어 간다는 걸 느낄 수 있었지만, 새롭게 발견되는 모든 세부사항들, 다른 것들과 별 관련이 없어 보이는 독자적인 실마리들, 이 모든 단서들을 하나로 잇는 건 불가능해 보였다. 악마라고 알려지게 된 여자, 그 여자와 사랑에 빠지게 된 내 어린 시절의 친구 후세인, 마르딘에서의 총격사건, 미국에서의 죽음, 그리고 상추잎으로 가득 찬 그 집…

멜렉나즈는 후세인의 아내였나? 나는 아이셀에게 물었다.

그럴 생각이었지−멜렉나즈가 시리아 난민이었기 때문에 서류문제가 복잡했어, 아이셀이 대답했다.

그 여자가 시리아 사람이었다고? 아이셀에게서 조금이라도 정보를 더 이끌어내기 위해 내가 다시 물었다.

응, 아이셀이 대답했다. 두 사람이 피난민 캠프들 중 한 곳에서 만났다고 들었어. 그 때문에 목숨을 빼앗기게 될 거라는 걸 모르고 후세인 오빠는 다가갔고, 빠져들었어… 살짝 딸꾹질을 하면서, 아이셀의 흔들리던 목소리가 멈췄다.

…빠져들었어, 사랑에. 내가 대신 끝을 맺어주자, 아이셀은 갑자기, 아니야! 소리를 지르면서 강하게 부인했다. 어느 누가 악마와 사랑에 빠질 수 있겠느냐고 반문하면서. 아이셀은 그 여자가 후세인을 유혹했고, 후세인이 약혼을 깨고 자기 가족한테서도 등을 돌릴 정도로 강력한 주문을 걸었다고 말했다.

제발 부탁인데, 아이셀, 나는 화가 나는 걸 억지로 참으면서 말했다. 넌 지금 날 점점 더 헷갈리게 하고 있어. 그냥 모든 걸 처음부터 순서대로 말해주면 안 되겠니? 아이셀은 이제 곧 장례식 준비를 시작하려는 참이라 당장 신경을 써야 할 게 수백만 개는 된다고, 그리고 무엇보다, 지금은 그 어떤 말을 하기에도 마음이 너무나 무겁게 가라앉아 있기 때문에 시간이 좀 지난 다음에 보자고, 아몬드 같은 두 눈에 걱정을 가득 담아 말하고는 서둘러 자리를 떴다. 나는 마르딘에 도착할 때만큼이나 많은 질문을 안은 채 당혹스러운 심정으로 그 자리에 남겨졌다.

그날 저녁, 나는 호텔을 나서서 돌로 지어진 이 고대 도시의 좁은 거리를 걸어 아시리아인의 은세공 공방을 지나, 어린 시절에 하던 것처럼, 언덕 꼭대기에 자리 잡고 있는 카시미예 율법학교[6]까지 올라갔다. 거기에서 내려다보면 평원 전체가 내 눈앞에서 지평선을 향해 펼쳐져 있었다. 마치 메소포타미아 전체를 보는 듯한 느낌을 받게 되는 순간이다. 내 바로 앞에서 해가 졌다. 지는 해는 마르딘 성과 그것 주변의 돌로 만든 집들을 핏빛 같은 붉은색으로 물들였다. 시간이 멈춘 곳, 십자군, 몽고족, 유대인, 셀주크, 아시리아인, 아랍인, 터키인, 쿠르드족, 아르메니아인 등 수도 없이 많은 종족들이 집이라고 부른 곳이 그 붉은빛 속에 얼어붙어 있었다. 이스탄불에서 비행기를 타고 불과 두 시간 남짓 만에 천 년 전으로 돌아가는 일…
일종의 우울과 경외심, 그리움 사이에서 속절없이 흔들리는 것 같은
불가해한 느낌이 나를 채웠다. 이스탄불의 정신없는 생활, 내 아내였
다가 불과 얼마 전에 전처가 된 여자, 골치 아팠던 이혼 과정, 아드레
날린이 넘쳐나는 뉴스 룸, 내 책상, 내 노트북 컴퓨터… 이 모든 것
들이 억겁의 세월 저편에 있는 것 같았다. 시리아와 시리아의 국경도
시 카미슐리가 바로 지척이었다. 마침내 해가 지고, 대 모스크에서
저녁 기도를 위한 부름[7]이 울려 나오기 시작하자 곧이어 작은 모스
크들이 그걸 받아 같은 내용을 방송하기 시작했다. 찬 기운이 내
등골을 타고 내려가는 게 느껴졌다. 저 대 모스크는 내 어린 시절의
기억 속에도 살아있다. 우리 부모님들이 희생절[8]의 이른 아침에 그
앞의 못에서 몸을 씻은 후 우릴 데리고 가던 그 모스크, 기독교도들
이 지은 그 아름다운 모스크, 이 타운 안에서 수많은 믿음이 춤을
추면서 하나로 뒤섞인 곳.

　어둠이 내리면서, 평원은 그 세세한 형상을 잃기 시작한다. 나
는 광활한, 어두운 바다, 혹은 영원을 향해 뻗어있는 공허를 들여다
보고 있다. 나는, 느닷없이, 울고 싶은 충동을 느끼지만, 그 이유를
알지 못한다. 할아버지가 내게 가르쳐주신 오래된 아랍 시가 떠오른
다. *고귀한 심장의 행복에는 슬픔이 깃들어 있네 / 단순한 영혼들
은 가련함 가운데서도 행복하다네. 웃을 일이 별로 없는 데서 사는*

이들에게 적절한 시다. 남자들이 집에 있으면 여자와 아이들은 목소리를 낮춰야 하는 곳, 아버지와 할아버지가 집에 들어서는 순간 아랍의 노래가 흘러나오던 라디오를 급히 꺼야 하는 곳, 식사는 짧고 말없이 해치워야 하는 곳.

나는 그 오래된 카시미예 율법학교를 떠나면서, 나를 갑자기 우울 속으로 던져 넣었던 것이 무엇인지 깨닫는다. 수백 년 전 셀주크의 술탄들이 상상했던 것, 외로움이 바로 그것이었다. 나는 여기서 완벽하게 혼자다. 내 얼마 안 되는 남은 가족은 나와 관계가 끊어진 채로 앙카라나 이즈키르에 흩어져 있고, 조부모와 부모는 이미 무덤 속에 들어가 있다. 이 도시는 더 이상 내 터전이 아니다. 천 년 전에 돌로 지은 집에 임시변통으로 바닥을 얹고, 전깃줄과 전화선들이 벽을 뚫고 창자처럼 삐져나와 뒤엉켜 있는 곳. 밤의 어둠 속에서야 그 추함이 가려지는 곳.

집들에서 창백한 불빛이 켜지기 시작한다. 메소포타미아의 고통스러운 과거가 타운 전체에 견디기 어려운 무게로 내려앉는 것 같은 느낌이다. 갑자기 술이 당긴다. 배가 고프진 않다. 하지만 절박하게 술이 당긴다. 요즘 이 지역에서 술을 찾는 게 무척 어렵다는 사실은 여기저기서 읽어서 잘 알고 있다. 호텔이나 식당에서는 술을 팔지 않는다. 그러나 이 지역은 한때 아시리아인들의 와인으로 유명하던 곳이다. 여긴 원래 레이하니 춤의 고장이었다. 솜씨 있는 무용수들은 하늘을 보고 서서 이마 위에 술잔을 올린 채 어렵지 않게 균형을 잡으면서 살짝 굽힌 무릎을 음악에 맞춰 왼쪽 오른쪽으로 돌리면서 천천히 바닥으로 내려앉는 춤을 췄다.

우리가 아직 어리던 시절의 마르딘에서는 이슬람 또한 달랐다. 그때의 이슬람은 우리의 할머니들이 바닥에 엎드려 기도하고 있을 때 아이들이 그들의 등에 기어오르게 놔두던, 훨씬 더 너그럽고 사랑을 베푸는 종류의 것이었다. 그때 할머니들은 주의의 표시로 기도 소리를 조금 더 높일 뿐이었다. 라마단 때 아이들이 금식을 고집하거나 하면 어른들은 약간 어이가 없다는 듯이 쳐다보다가 전체 삼십일 중 첫째 날과 가운데 날, 그리고 마지막 날에만 하도록 허락해주면서 이것만 해도 알라가 보시기엔 충분하고도 남는 거라고 안심시켜 주곤 했다. 우리가 금식을 자청해 놓고도 도저히 더 이상 참을 수 없어서 부엌에 숨어들어가 먹을 거나 마실 거를 훔쳐 먹을 때도 어른들은 모른 척하다가, *금식 후의 저녁 식사*[9] 테이블에 다 같이 모여 앉게 되면, 얘들아 알라께서 너희들의 희생을 받아들이실 거다, 라고 말해주곤 했다. 그 시절에는 모든 사람들—아시리아인, 무슬림, 유대인, 조로아스터교도, 파시교도—이 다른 사람들의 종교가 기념하는 축일에 학교나 시장에서 만나면 서로에게 축하 인사를 해주었다. 그러나 지금은 화가 나 있고 다른 종교를 환영하지 않는 종류의 이슬람이, 마치 그림자처럼, 이 도시를 뒤덮고 있는 것처럼 보인다.

'그 시절의 나'는 아버지의 손에 매달려 돌로 포장된 그 긴 도로를 내려가는 동안 식당들에서 구운 고기와 아니스향이 첨가된 *라키*[10] 의 냄새가 부드럽게 뒤섞여 풍겨 나오는 걸 맡으며 쾌락적인 어지럼 증을 맛보곤 했다. 그 냄새는 너무나 즐겁고 색다른 것이었다. 그 냄새는 우리가 집에서 먹는 것과는 전혀 다른 세계의 음식에서 풍겨 나오는 것 같았다. *라키*는 아시리아인 레드 와인과 더불어 우리 집에서도 마시는 것이었지만, 식당들에서 풍겨 나오는 케밥의 냄새와 뒤섞인 *라키*의 향은 또 다른 어떤 것이었다. 내가 지금 걷고 있는 이 거리는 그 시절보다 더 어두워 보인다. 침울하고, 허하다. 이 타운은 아이시스와 PKK[11], 그리고 정부 간의 전투에 인질로 잡혀서, 공포에 의해 장악되어 있다.

먼 곳으로부터 개 짖는 소리와 총소리가 들려온다. 나는 나의 상실감과 외로움에서 비롯된 혼란스러움을 지우기 위해 이스탄불에까지 그 이름이 널리 알려진 유명한 레스토랑 세르시스 무라트[12]로 향한다. 이 식당은 이제 마르딘에서는 유일하게 술을 팔고 있는데, 그건 아마도 주인이 여자이기 때문일 것이다. 멋진 석조 건물인 이 식당은 오늘 밤 거의 텅 비어 있다. 관광객들은 이 지역에 오기를 두려워하고 지역 사람들은 집 밖으로 나오길 두려워한다. 나는 아시리아인 와인과 양다리, 그리고 메뉴에는 안 나와 있는 퀸스[13]를 주문한다. 이 오래된 저택은 원래 아르메니아인 소유였다고 알려져 있다.

그들이 강제 추방당한 후에[14], 이 식당은 아시리아인의 것이 되었다. 그 일이 벌어지던 즈음에, 많은 마르딘 사람들이 아르메니아인들이 놓고 간 재산을 나눠 가졌다.

와인은 묵직한 느낌이었다. 바닥에는 침전물이 가라앉아있고, 체리의 신맛이 조금 감돌았다. 입안에 남는 뒷맛이 나쁘지 않았다. 웨이터한테 혹시 병으로 팔지 않느냐고 물었다. 타운에서 달리 술을 구할 데도 없을 것 같고 해서, 두 병 정도 호텔 방에 갖다 놓고 마실 생각이었다. 웨이터는 식당에서는 그렇게 팔지 않지만 길 건너에 있는 아시리아인의 보석상에 가면 그들이 가내용으로 만들어놓은 걸 조금 살 수 있을 거라고 말해줬다.

나는 후세인에게 정말로 무슨 일이 일어난 건지 알려줄 만한 사람이 누가 있을까, 머리를 짜내기 시작했다. 옛날 학교 친구들을 찾아내는 건 그리 어려운 일이 아닐 것이었다. 그중에 누가 말을 해줄까—누가 진실을 말해줄 수 있을까. 그건 물론, 그들이 진실과 거짓을 구분할 수 있다는 걸 전제로 한다. 만약에 그들 또한 그 멜렉나즈라는 이름의 여자가 악마라고 믿고 있다면, 그들한테서도 쓸 만한 얘기는 나오지 않을 것이다. 이 타운에서 후세인을 쏜 자들은 누구이고, 왜 쏘았으며, 어떻게 쏘았는가? 여기서 두 발의 총상을 입고 살아난 후세인은 왜 미국에까지 가서 거기에서 죽었는가?

좁고 돌이 깔린 골목길을 걸어 내 호텔까지 찾아가는 동안—그 호텔은 한때 진시리예 율법학교[15]였던 건물이다—이런 생각들로 가득 차서 살짝 어지럼증이 느껴질 정도였다. 차라리 다행이다. 그렇지 않으면 잠드는 게 거의 불가능할 것이었다. 그날 밤, 나는 악마의 꼬리를 달고 있는 여자의 꿈을 꾸었다.

오, 나의 후세인, 이 죽음의 잠에서 깨어나라

후세인의 시신은 그의 형인 살림이 미국에서 이스탄불까지, 그리고 다시 이스탄불에서 마르딘까지 비행기로 운송해 온 후 호곡하는 여인들이 허공을 향해 울부짖는 가운데 땅으로 내려졌다. 이 여인들은 직업적인 호곡꾼들이었다. 앙가슴을 두드리고 진짜 눈물을 흘리면서 젊은 후세인이 얼마나 용감했고, 얼마나 잘 생겼고, 얼마나 고귀한 성품의 인물이었는지 끊임없이 외쳐대는데, 지나가는 사람 눈에는 그들의 슬픔이 고인의 실제 가족들의 그것보다 더 강해 보일 정도였다. 검은 상복을 뒤집어쓴 이 여인들은 일당을 받은 몫을 확실히 해내고 있었다. 손바닥으로 리듬감 있게 가슴과 머리를 치면서, 이들은 아랍어, 터키어, 그리고 쿠르드어로 통곡을 쏟아내고 있었다.

> *깨어나라, 후세인, 깨어나! 대체 이게 웬 죽음*
> *의 잠이란 말이냐? / 네 말이 마구간에서 기*
> *다리고 있다 / 네 양떼가 주인을 기다리고 있*
> *다 / 사라져라, 슬픔이여 / 깨어나라, 후세인, 깨*
> *어나 – 대체 이게 웬 죽음의 잠이란 말이냐?*

여자들은 모두 다 양손에 짙은 보라색 문신을 하고 있었고, 그들 중 상당수는 아랫입술에도 문신을 하고 있었다. 여자들은 한 노예가 예언자의 딸 파티마의 성스러운 입술을 물어서 상처를 냈다고 한 설화를 그대로 믿고 있었고, 파티마의 운명을 서러워하면서 자신들의 입술에 문신을 해 넣은 것이었다. 내 할머니도 가슴에 가젤 문신을 새기고 있었다. 왜 그런 문신을 새겨 넣었느냐고 물은 적이 있다. 마음이 무거워질 때마다 가젤이 가슴 위에서 뛰어다니게 하려고 새겼다는 게 할머니의 대답이었다. 아프지 않았어요? 내가 묻자 할머니는, 많이 아팠단다, 라고 대답했다. 피가 났단다. 아팠지. 일곱 번을 벗겨지고 나더니 이렇게 보라색으로 변했단다. 이 여인들은 이제 막 아기를 낳은—아들은 안 되고, 딸이어야 했다—산모의 젖에 그을음을 섞어 잉크를 만든 뒤 세 개의 바늘을 사용해 문신을 새겨 넣었다. 어린 시절에 같이 학교에 다니던 아시리아인 친구 엠마누엘의 팔에 십자가 모양의 문신이 새겨져 있는 걸 본 기억도 있다. 왜 일부러 그런 고통스러운 짓을 하느냐고 물었더니 그 친구는 자신들의 신앙을 기리기 위해 몸에 표시를 하는 건데, 다만 얼굴에 상처를 내는 짓은 절대로 하지 않는다고 대답했다.

내 할머니가 이 묘지에 묻혀 있다. 내 어머니와 아버지도 마찬가지다. 이 불효막심한 아들은 후세인의 장례식이 시작되기 전에 남는 틈을 타서 그들의 헝클어지고 풀이 무성한 무덤을 찾았다. 그들의 비석 앞에 잠시 서 있지만, 무얼 어떻게 해야 할지 알 수 없다. 비석에 새겨져 있는 그들의 이름과 날짜들을 몇 번 되풀이해서 읽고는, 내 부모님은 여기 계시지 않는다, 여기에는 아무것도 남아있는 게 없다고 생각한다. 무엇이 남아있을까? 뼈 몇 조각이 물론 남아 있겠지. 그리스인들은 가족이 죽으면 삼 년 뒤에 시신을 다시 파내어 뼈를 추린 후 집안에 보관한다는 얘기를 들은 적이 있다. 물론 삼 년이 지난 후에도 남아있는 뼈들이겠지. 나 역시 부모님 시신에서 남은 것들을 추려 이스탄불로 모시고 가야 할까? 그렇게 해서 그 뼈들을 매일 대면하고 내가 저지른 잘못을 되새긴다면 스스로를 용서할 수 있게 될까? 가족을 버리고, 마르딘과 그곳에 살고 있는 사람들을 업신여긴 죄를? 물론 그렇지 않을 것이다. 무엇보다, 부모님을 그렇게 다룬다는 건 상상할 수도 없는 일이다. 서구화돼 있는 아들과는 달리, 그들은 뼛속까지 동양인이다. 지금 여기 남아있는 게 뼈 몇 조각과 그들에 대한 기억밖에 없다 하더라도, 그것들은 모두 메소포타미아에 속해 있다.

나는 장례식에 참석한 사람들 중 키가 크고 양옆이 둥글게 말려 올라간 수염을 하고 있는 사내에게 다가가 조용히 속삭였다. "난 호곡꾼들이 아직도 있는 줄은 몰랐소."

사내는 나를 옆눈으로 흘끗 쳐다봤다. 나를 이 타운에 방문객으로 찾아온 타지인으로 여기는 게 분명해 보였다. "이건 오래된 전통이요. 이 사람들을 장례식에 부르고 싶어 하는 사람들이 여전히 있죠. 그렇지 않은 사람들도 있고요."

"내 할아버지 장례식 때도 저 사람들을 불렀었지, 메흐멧." 내가 대답했다. 이 말을 듣자 그는 놀라움으로 눈을 크게 뜨고 나를 향해 고개를 돌렸다. 내가 누군지 생각해내려 애쓰더니 마침내 알겠다는 듯이 눈이 환해졌다. "이브라힘?"

"그래, 메흐멧." 내가 속삭였다. "나야, 이브라힘."

장례식이 진행 중이었기 때문에 우린 악수를 하거나 서로를 껴안거나 하지는 않았다. 예의를 지켜 똑바로 서 있으면서 서로의 손을 잠시 건드렸을 뿐이었다. 메흐멧은 내 등을 부드럽게 두 번 두드렸다. 그러고 나서 우리는 아이셀이 어린 시절부터 길러왔음이 틀림

없는 허리까지 내려오는 두 가닥의 길게 땋은 머리를 잘라 오빠의
무덤에 던져 넣는 걸 지켜봤다.

.

랄레쉬 계곡에서 온 손님

정말 깜짝 놀랐어, 메흐멧이 말한다. 정말로, 그렇게 오랫동안, 이브라힘… 그렇게 오랫동안 사라졌다가 후세인의 장례식에서 바로 내 옆자리에 나타나다니.

우리, 후세인하고 나하고, 자네 얘기 많이 했어. 자네가 어디 사는지, 무슨 일을 하는지… 자네는 모든 면에서 우리한테서 멀리 떨어져 있었기 때문에 항상 자네가 궁금했어. 후세인하고 나는 여기에 말뚝 박고 있었잖아, 이브라힘, 다른 데로 간다는 건 상상도 못하고 살았지. 우린 우리 아버지나 할아버지들이 살았던 것처럼 살려고 했지만, 자네도 봤겠지만, 여기도 변했어. 마르딘은 변했어, 그리고 아마 우리도. 누가 어떻게 알겠어.

친구들? 라이프는 차 사고로 죽었지. 무하렘은 암에 걸렸지만 살아남았어. 자동차 딜러 하고 있어. 그리고 후세인은…

여기 대학이 생겼잖아, 알고 있었지? 우리 중에 제일 똘똘했던 후세인은 거기서 의대를 다녔어. 걔가 얼마나 마음이 여린 애였는지 알지, 항상 누군가를 도우려고 애쓰곤 했잖아. 그래, 맞아! 새 한 마리도 건드리지 못했지. 안 잊어버렸구나. 걔 하나도 안 변했어. 오히려 나이가 들면서 그런 자비심도 같이 자랐지. 여기서는 누구나 다 그런 마음을 중요하게 여기지만, 후세인은 유난히 더 그랬어. 후세인은 가난하고, 병들고, 고난당하는 사람한테 자기 인생을 다 바쳤어. 자동차가 올라갈 수 없는 좁은 골목길로 짐을 옮길 때 쓰던 당나귀들 기억하나? 그 당나귀들이 얼마 전부터 공식적으로 인정을 받게 됐어! 그 당나귀들이 이를테면 공무원이 됐단 말이야. 하지만 일이야 여전히 워낙 고되니까 잘 아프고 다치곤 하지. 후세인은 일하다가 쉴 짬이 생기면 이 당나귀들을 돌봐주러 가곤 했네. 후세인이 그 당나귀들 상처에 연고를 발라주고 아픈 데를 돌봐주면서 말을 건네는 꼴을 자네가 봤어야 해! 그러고 있으면 당나귀들이 다 알아듣고 고개를 끄덕이곤 했다니까. 후세인 말로는 그중에 특히 고마워하는 당나귀가 한 마리 있었는데, 그놈은 진짜로 눈물을 흘리기도 했대. 우리야 물론 과장하지 말라고, 눈물 흘리는 당나귀가 어디 있느냐

그랬지. 그런데 후세인은 천진한 애답게 자기기 정말로 봤다고 맹세하는 거야. 정말 독특한 친구야. 그런 친구가 이런 식으로 가게 되리라고 누가 생각이나 했겠어. 그래, 이브라힘, 자네가 맞아. 후세인을 위해 건배. 정말 이 세상에서 가장 따뜻한 마음을 가진 사내였지.

베푸는 마음이 문제를 일으킬 수 있다는 말이 있잖아. 선한 마음도 지나치면 문제가 되는 거지. 후세인의 문제가 바로 그거였어. 그 친구는 너무 극단적이었어. 후세인이 그 난민 캠프에서 밤낮 가리지 않고 일을 하지만 않았어도 이 모든 일은 일어나지 않았을 거야. 그런데 그 친구는 국경을 넘어오는 시리아인들을 그냥 보고만 있을 수는 없다고, 자기가 도와야 한다고 고집을 부린 거야.

자네도 알다시피, 지금 여기엔 시리아 사람들이 수천 명이 들어와 있어. 캠프에 텐트를 치고 살지. 지금 그 사람들 사는 거야 물론 엄청 어렵지. 그런데 후세인은 그냥 도와주는 걸 넘어서서 그 사람들이 있는 바닥까지 내려가서 일하면서 자기가 그 사람들을 구할 수 있다고 생각한 거야. 자비심이 바로 후세인의 실패 원인이었어. 그것만 아니었다면 후세인은 아무 문제 없었을 거야. 따뜻한 집과 가족이 있고, 결혼식 날짜도 잡아놓고 있었고.

아, 몰랐어? 그래, 약혼을 한 상태였지. 악마 여인이라니? 아니, 아니, 이 동네 부잣집 딸이었지. 사피예라고. 자네가 말하는 건 다른 여자일 거야. 후세인이 난민 캠프에서 만난 여자. 그래, 물론 다 말해주지. 내가 알고 있는 한도 안에서. 이상한 일들이 일어나기 시작했어. 정말로. 그 캠프에 매일 왔다 갔다 하면서 후세인이 변하기 시작했네. 원래의 그 친구답지 않더라구. 국경 없는 의사들이라는 조직이 있어. 그 사람들이 프랑스 같은 데에서 의사들을 데려오는데, 후세인이 그 사람들하고 같이 어울리면서 텐트에 사는 병든 여자들하고 아이들을 돌봐주는 일을 하기 시작했어. 그 텐트들이 겨울에는 엄청 추워. 그래서 임시변통으로 난로를 만들어서 쓰다가 불이 나서 화상으로 죽는 사람들이 많지.

시리아는 정말이지 끔찍해. 그 불쌍한 사람들이 속수무책으로 당하잖아. 죽음을 피해서 이리로 도망쳐오는데, 여기서도 평화로운 삶은 찾을 수 없고. 맞아, 자네 말대로 대부분은 아이시스를 피해서 도망치는 건데, 정부군을 피해서 도망쳐오는 사람들도 있고, 알-누스라[16]를 피해서 오는 사람들도 있어. 모두들 끔찍한 처지지만, 그중에서도 야지디 족 상황이 최악이지. 아이시스가 마을들은 완전히 파괴하고, 열 살이 넘는 사내아이들은 모조리 참수하고, 여자들과 소녀들은 강간한 다음에 팔아치웠어. 그리고 열 살이 안 된 사내아이들은 아이시스의 전사로 키우고 있다네. 그 학살에서 도망칠 수 있었던 사람들은 랄레쉬[17]에 숨었어. 랄레쉬는 그 사람들의 성지야. 비극적인 사건이 일어날 때마다 피난처 역할을 하던 곳이지. 아이시스는 여기까지 추적해 왔는데 쿠르드족이 야지디를 구해주러

나서면서 물러났어.

물론 이 이야기 모두가 후세인과 관련이 있지. 아니면 무엇하러 내가 이렇게 자세하게 얘기하고 있겠나? 아무튼 그래서, 후세인은 지난 몇 달 동안 이 야지디 캠프에 들락거렸단 말일세. 후세인은 난민들 중에서도 가장 고통을 받았고, 가장 가난하고, 가장 억압받은 이 사람들을 도와주는 일에 점점 더 몰두하기 시작했어. 후세인은 그 사람들에 대한 이야기라면 한도 끝도 없었어. 우리만 보면 그 사람들이 역사적으로 다른 모든 종교에 의해 얼마나 핍박을 받아왔는지, 그중에서도 아이시스가 그 사람들을 얼마나 괴롭혔는지, 끝도 없이 이야기하곤 했어. 아이시스 병사들은 야지디의 피를 흘리게 하는 건 이슬람 율법상 아무 문제가 없을 뿐만 아니라, 오히려 권장되는 일이라고 생각한다는 거야. 야지디를 죽이는 자는 천국에 들어갈 권리를 얻는다고 믿고 있고. 왜? 그걸 내가 어찌 알겠나. 내가 주변 사람들한테 물어보니까 다들 야지디 족은 악마를 숭배한다고 하더군. 도대체 악마를 숭배한다는 게 가능한 일인가? 아무리 별별 종류의 종교가 있다 하더라도. 우리 아버지는 어쩌면 아실지도 모르지. 우리 아버지 기억하나? 그래, 그래, 이제 여든이시지만 다행히도 건강하시네. 아 그래, 그것도 기억하는군. 우리 아버지가 방과 후에 후세인한테 종교학을 가르치곤 하셨지. 나는 잊어버렸어. 워낙 오래전 일이니까. 그런데 이브라힘 자네 기억은 크리스털처럼 깨끗하군.

마샬라[18].

후세인은 이 난민 캠프 중 한 곳에서 멜렉나즈라는 이름을 가진 야지디 족의 여자를 만났다네. 난 이 여자를 본 적이 없네만, 본 사람들은 하나 같이 그 여자에게 특별한 구석이 없다고 말하더군. 검은 피부에 비쩍 마르고, 다른 사람들과 무엇 하나 다를 바가 없다는 거야. 모두들 후세인이 그 여자한테서 뭘 봤는지 이해할 수 없어 했지만, 하긴 사람의 마음에 관한 한 무슨 일이 벌어질지 어떻게 알겠는가…

후세인은 이 여자 때문에 약혼녀를 버렸어. 가련한 사피예는 며칠을 울었지. 그러고 나서 사피예는 이 모든 것이 주술의 힘이라고 말하고 다녔다네. 하긴 그런 게 아니라면, 후세인이 그렇게 아름답고 지참금도 풍부하게 갖춘 약혼녀를 왜 버리겠나? 솔직히 말하면, 우리도 같은 의문을 가질 수밖에 없었네. 후세인의 행동에서는 아무런 이성적인 논리도 찾을 수가 없었어. 게다가 알고 보니 그 여자한테는 갓난애도 있었는데, 태어날 때부터 눈이 멀어 있었다더군. 강간으로 인해 태어난 아이거나, 아니면 과부가 된 거겠지? 우린 결국 알아내지 못했네. 후세인은 어느 날 이 여자애가 텐트에서 눈먼 어린아이를 안고 있는 걸 보고 제정신을 잃어버렸던 모양일세. 후세인은 그 아이 눈을 뜨게 해주겠다는 일념으로 프랑스 의사들한테 보여주고 돌아다녔는데 그 사람들도 어떻게 하지 못했다더군. 그 여자애한테는 그 아기 말고는 아무도 없었어. 그래서 후세인은 온갖 공식 채널을 통해서 그 여자를 아내로 맞을 방법을 모색하고 다니게 된 건데, 내가 듣기로는 심지어 캠프 안에서 야지디 관습대로 결혼식도 올렸다더군. 당시에야 물론 아무도 이 사실을 몰랐지. 후세인의 가족들도 마찬가지였고. 사실은 지금도 그랬다더라, 하는 것밖에는 없어. 그 일의 전모를 다 아는 사람은 아무도 없단 말일세. 어떤 사람들 말로는 야지디 족도 무슬림하고 결혼하는 걸 금하고 있다고 하더구먼, 나야 모르지. 후세인이 뭘 어떻게 했는지는 모르겠지만, 아무튼 어찌어찌해서 여자애를 캠프에서 빼내 가지고 곧장 자기 어머니한테 데리고 갔다네. 가서는 이 여자 이름이 멜렉나즈인데 내 아냅니다, 이렇게 선언을 해버린 거야. 어머니는 졸도하셨지. 아마도 어머니는 사피예한테 상당히 애정을 가지고 계셨을 거야. 그 두 집안이 원래 가깝게 지내오던 사이거든. 정신이 돌아오고 나서 어머니는 후세인한테 애원을 하셨다네. 사람들이 대체 뭐라고 하겠느냐, 그리고 널 기다리고 있는 장미꽃봉오리 같은 약혼자를 생각해 봐라, 이러시면서. 이 야지디 여자는―가족들은 이 여자가 터키 사람이 아니라는 사실을 아직 모르고 있었는데―그때 아기를 안고 문간에 서 있었는데, 오가는 말은 한마디도 못 알아들어도 자기가 환영받지 못하고 있다는 사실은 알 수 있었지. 그래서 가려고 돌아서는데, 후세인이 손을 잡고 사정사정해서 안으로 데리고 들어갔다네.

그리고는 이렇게 말했다더군. 어머니, 제가 이 집안의 아들인 것처럼 이 여자는 제 신붑니다. 그리고 이 사실을 빨리 받아들이면 그럴수록 더 좋을 겁니다. 아이셀이 그 얘길 나한테 해주면서, 평소에 그토록 부드럽던 자기 오빠가 그렇게 차갑고 거칠게 말하는 건 한 번도 본 적이 없다고 하더군. 어머니와 동생은 처음에는 후세인이 미쳤다고 생각했는데, 나중에 모든 걸 다 종합해 본 결과 그게 악마의 소행이라고 결론을 내리게 됐다네. 그런 지독한 사술을 썼는데, 우리 불쌍한 오빠가 그걸 무슨 수로 이겨내겠어요. 아이셀은 그렇게 말하더군. 어머니는 상황이 이러니 일단 아들이 바란 대로 해줬어. 일단 그 여자애를 받아들였지. 여자애는 머뭇거리면서 들어섰다네. 아이셀은 나한테 이렇게 말하더군. 그 여자 얼굴을 봤어야 해요. 미소를 짓거나 인사도 한마디 하지 않은 채, 마치 우리 집안으로 들어서는 게 우리한테 호의를 베푸는 거라는 태도였어요. 그렇게 하면서 들어오더니 마치 예절에 관해서는 아무것도 배운 적이 없는 사람처럼 그 자리에 가만히 서 있었어요.

어른들만 있는 상황이었다면, 두 사람은 이 거만한 소녀에 대해 아무런 동정심도 느끼지 못했을 거야. 그러나 아이셀이 아기를 안 아들었을 때—그 여자는 필사적으로 아기를 안고 놔주지 않으려고 해서 그나마 후세인이 좋은 말로 잘 달랜 후에 마지못해 내놓은 거였는데—아이셀은 아기가 눈이 멀었다는 걸 알게 됐어. 이렇게 얘기하더군. 아기 두 눈이 다 우유처럼 하얬어요. 그렇지만 않으면 사랑스러운 작은 여자애일 텐데, 정말 운도 없죠. 잠깐 동안, 이 아이가 혹시 오빠의 아이일까 생각했어요. 하지만 오빠가 이 여자를 만난 게 불과 얼마 전이라는 걸 떠올렸죠. 그러니 아기 아빠는 누구도 될 수 있었어요. 어쩌면 시리아인일 수도 있죠. 아이셀은 어머니한테 아이를 안아보라고 했는데 어머니는 손도 대지 않으려고 하더라네. 아들이 그토록 원하지만 않았더라면 그 여자애를 바로 길거리로 내치고도 남을 심정이었으니까. 이 모든 게 정말 이상하지 않은가, 안 그런가, 정말 이상해!

그래, 나도 물론 후세인을 만났지. 이야기도 했어. 설득하려고 애써봤지. 하지만 우리가 알고 있던 그 후세인은 이미 어디론가 사라진 뒤였어. 그 자리에는 이 말 없고, 완고한 태도를 가진 사내만 남아있었네. 후세인, 자넨 지금 이 일로 모든 사람을 화나게 하고 있어, 내가 그렇게 말했지. 자네 어머니, 아이셀, 그리고 사피예 집안 사람들 말이야. 그 친구는 그냥 날 뚫어져라 쳐다보기만 하더군. 그래서 작전을 바꿔서 이렇게 말했어. 자네가 그 불쌍한 여자를 가련하게 여긴다는 건 잘 알겠네. 자네가 원래 마음이 약한 사람이라는 건 내가 잘 알지. 그런 처지에 있는 여자를 보는 자네 심정이 어땠을지 말을 안 해도 잘 알아. 하지만 가련히 여기는 사람 모두하고 결혼할 수는 없는 거 아닌가, 후세인, 물론이야, 도와줘, 그 아기 치료도 받게 하고, 자네가 할 수 있는 건 다 해봐, 하지만 이거? 이게 지금 자네 약혼자를 떠나고, 가족하고도 등을 질 만한 가치가 있는 일인가? 이것 봐, 나도 저 난민들이 불쌍하다고 생각해, 진짜야. 저 사람들은 강제로 집도 빼앗겼고, 지금 텐트 안에서 그야말로 근근이 죽지 못해 살고 있지, 하지만 그렇다고 해서 자네가 뭘 할 수 있겠나? 자네가 저 사람들을 다 구해줄 수 있겠나? 만약에 저 여자한테 호감이 가면, 내가 이미 말했지만, 그냥 도와주면 되잖아. 말이 났으니 말인데, 우리가 다 같이 모여서 그 여자를 도와주자고, 양심 있는 무슬림들을 다 모아서 그 여자하고 그 불쌍한 아기를 도와주자고. 어때?

이 말을 듣고 나더니 후세인은 고개를 들어서 내 얼굴을 한참 들여다보더군. 두 눈에 절망감이 가득 차 있는데, 그걸 보면서 내 마음이 한순간 흔들리지 않았다고 한다면 그건 거짓말이 될 걸세. 당시에는 물론 그 친구가 왜 그런 눈으로 날 쳐다보는지 도저히 알 수가 없었지. 왜냐면 그때는 그 친구가 나한테 아직 아무 말도 해주기 전이었으니까. 하지만 내가 "우리 모든 무슬림들이"라고 말할 때 그 친구의 얼굴에 아주 깊이 고통스러워하는 표정이 스쳐 지나갔다네. 그래서 얼른 덧붙였지. 왜 그래, 후세인, 왜 그런 눈초리로 날 쳐다보나, 마치 금방 울 것처럼 말이야, 내가 뭐 잘못했나? 다 같이 모여서 그 여자애를 구하자고. 그건 그렇고, 이 모든 얘기는 내 가게 안에서 이뤄지고 있었네. 차를 마시면서 말이지. 내가 "구하자"는 말을 하는 순간 후세인이 벌떡 일어서더니, 신경 쓰지 마, 자넨 그 여자를 구할 수 없어, 이렇게 말하더군. 후세인, 우리가 그렇게 쓸모없는 존재들이란 말인가, 내가 물었지. 아니, 후세인이 대답했어. 다른 문제가 있어. 그래서 내가 캐물었지. 꼼짝도 않더구먼. 그러더니 그냥 갔어. 질문만 잔뜩 남겨놓고 말이지. 그게 운명인지 모르겠지만, 그 후로는 후세인을 다시 못 만났네.

난 이 일들 때문에 마음이 아주 좋지 않아. 어떻게 안 그럴 수 있겠나? 하지만, 도대체 어찌 된 영문인지 궁금해서 미칠 거 같아. 아주 고약해. 내 어린 시절부터의 친구가―여태 어깨를 맞대고 자라온 사인데! ―그렇게 엄청난 뭔가를 나한테 감추고 있다니. 아무튼 우리가 그렇게 이야기를 나누고 나서 이틀 후에, 마침 아이셀이 내 가게 앞을 지나가길래 이야기를 조금 더 들었어. 잠깐만 시간을 내달라고 했지. 그러자고 하고는 설명을 해주더군. 얘길 듣다 보니 머리에 총을 맞은 것 같았네. 정말로.

아이셀 말로는, 후세인이 그 여자를 데리고 들어오고 이삼일 지난 후에 아주머니가 그 여자애하고 관계를 좀 풀어보려고 시도를 했다네. 보아하니 아주머니로선 선택의 여지가 없는 거 같고, 그래서 이렇게 말하기 시작하셨다고 하더군. "좀 내버려 둬 보자꾸나. 아무래도 결국엔 그 애가 제정신을 차리지 않겠니. 나중에 주술사 여편네한테 데리고 가보자꾸나, 주술에 홀린 걸 풀어줄 수 있을 거다.

기가 가장 센 율법 선생님을 청해서 성구를 읽게 하고. 이건 틀림없이 진[19]이 내 아들을 저주한 거야." 아주머니가 어찌 아셨겠나, 불쌍한 여인. 그때만 해도 어머니와 아이셀은 후세인이 무슬림인 아랍 여자를 집에 데리고 온 줄로 생각하고 있었다네. 그때쯤 해서는 그 여자가 부엌을 비롯해서 집안일을 도와주기 시작했다지. 여전히 말은 한마디도 안 했지만. 딱 한 번 여자가 아기한테 자장가를 불러주는 걸 두 사람이 들었는데, 그게 무슨 말인지 파악이 잘 안 됐다고 하네. 아랍어도 쿠르드어도 아닌 것처럼 들렸다는 거야. 그동안에 후세인은 사피예한테 가서 파혼을 통보했다네. 싸움이 붙었는데, 사피예가 후세인이 자기의 명예를 바닥에 내동댕이쳤다고 하면서 후세인한테 소리소리 지르고, 결혼반지를 빼서 후세인 머리에 집어던졌다더군.

이브라힘, 이거 한 모금만 더 하면 이 자리에서 그냥 뻗어버릴 거 같군. 하지만, 술기운이라도 빌리지 않으면 이런 이야기를 어떻게 하겠나. 그다음에 무슨 일이 벌어졌는지 도저히 믿을 수 없을 걸세. 자, 한잔하지. 후세인에 대한 기억을 위하여.

호기심 많은 이웃과 친척들이 다들 아주머니 집으로 모여들었지. 왜 안 그랬겠나. 어떤 이들은 두 사람이 잘되기를 기원해 줬고 어떤 사람들은 화가 나 있는 상태였지만, 다들 공통적으로 놀라고 못마땅해하면서 수군거렸던 건, 무슨 놈의 새신부가 사람을 거의 쳐다보지도 않는다는 거였네. 그러고 있던 차에, 무슨 일이 벌어졌냐면-정말 이상하기 짝이 없는 일이 벌어진 거야! 어떻게 된 거냐면, 아주머니와 아이셀, 그리고 새신부 멜렉나즈가 모두 부엌에 들어가서 손님들을 위한 음식을 준비하고 있을 때였네. 아이셀이 찬장에서 상추를 꺼내서 샐러드를 만들 준비를 시작했네. 그때 그 여자애가 그걸 보자마자 펄펄 뛰면서 소리를 지르더니 그 길로 집 밖으로 뛰쳐나가 버린 거야! 아기도 내팽개치고, 맨발로, 그래야 목숨을 구할 수 있다는 듯이 길거리로 달려나간 거야! 아주머니와 아이셀은 어리둥절했지. 두 사람이 놀라서 서로를 마주 보고 있는데, 손님들이 부엌으로 들어와서 대체 왜 그런가 하고 물은 거야.

"싸웠어요? 저 여자애가 마치 악마라도 본 것처럼 놀라서 뛰쳐나가던데!" 사람들이 물었지.

"아뇨, 절대로 아녜요." 아이셀이 대답했어. "저 여자는 파이를 준비하고 있었고, 전 샐러드를 만들고 있었어요, 그러다가 이 일이 벌어진 거예요."

모든 사람이 영문을 몰라 고개를 젓고 있는 와중에, 후세인의 아저씨 한 분이 부엌을 천천히 둘러보다가 반으로 쪼개놓은 상추에 눈길을 멈췄어.

"애야, 이게 네가 자르고 있던 거냐?" 그분이 아이셀한테 물었네. 아이셀이 그렇다고, 그때 막 상추를 자르기 시작하고 있었다고 하니까, 그 아저씨가 뭔가 끔찍한 사실을 확인했다는 듯이 눈을 꽉 감더라네.

그 아저씨는 아우두 빌라히 민 아쉬 샤이탄 이르 라젬[20]을 외운 후에, 잘 들으시오, 그 여자는 야지디요 라고 말했다네. 모두들 공포에 사로잡혀서 꾸란을 암송하면서 기도용 묵주를 만지고, 집 안의 네 구석을 향해 꼭 다문 입술 사이로 바람을 불어서 악마가 깃들어 있을 자리를 없앴지. 자네, 그 아저씨가 그 사실을 어떻게 알았는지 나한테 물어보려던 참이었지, 안 그래? 글쎄, 나도 전혀 모르던 사실인데, 야지디들은 상추에 대해 극도의 공포심을 가지고 있다고 하더군. 그걸 만지거나 먹는 건 말할 것도 없고, 그 단어를 입에 올리는 것만도 불경스럽게 여긴다는 거야. 그래, 나도 알아! 나도 처음엔 지금 자네처럼 놀랐어. 아무리 생각해도 말이 안 되더라고. 그런데 내가 물어본 어르신들이 죄다 그렇다고 확인해 줬어. 어떤 분들 말로는 야지디들이 섬기는 악마가 상추의 겹겹이 들어찬 이파리 속에 숨어 있어서 그런 거라고도 하고, 또 어떤 분들은 상추를 일컫는 야지디 말이 그 사람들의 신의 이름과 너무 비슷해서 그런 거라고도 하더군. 우리 아버지가 잘 설명해 주실 수 있을 거야. 옛날 분들이 이런 건 훨씬 더 잘 아시니까. 이 일들이 벌어진 다음에 우리 아버지가 후세인을 불러서 이야기를 나누시기도 했고. 자네도 알다시피 우리 아버지가 옛날에 후세인을 가르치기도 하셨잖아.

뭐, 아버지? 그럼, 가서 만날 수 있지. 지금이야 늦었으니까 물론 주무시고 계시겠지만, 내일 와. 아냐, 아예 지금 우리 집으로 같이 가지 그래? 지금 이 시간에 호텔까지 혼자 걸어가지 말고. 내 아내가 손님방에 잠자리를 만들어줄 걸세. 그러지 말고 같이 가. 아침식사를 같이 하자고. 이렇게 오래 떨어져 있었는데 저절로 다시 가까워질 수 있겠나? 점심으로는 아내가 메프투네[21]를 만들어줄 거야. 그거 자네가 제일 좋아하던 거 아닌가. 그동안 먹고 싶었을 거 아냐.

상추밭

우리가 어렸을 때에는 노상 서로의 집에 가서 자곤 했다. 그럴 때면 장에서 요를 꺼내다가 바닥에 깔고 주인과 손님 가릴 것 없이 다 같이 자곤 했다. 그 특별한 냄새, 집들과 가구들에 스며 있던 냄새가 갑자기 떠올라 나를 '그 시절의 나'에게로 데리고 가면서, 그동안 내가 그 시절을 잊고 멀리 떠나 있었던 사실을 책망하는 것 같았다. 삐거덕거리던 나무계단, 자주 있던 단전에 대비하기 위해 항상 가까이 두고 있던 가스램프의 가늘게 흔들리던 불꽃, 기도를 하기 위해 몸을 엎드릴 때를 노려 내가 등 위에 올라타면 그저 조금 더 소리를 높여 세미 알라후 리멘 하미데![22] 라고 기도하던 나의 자상한 할머니, 잼을 만들기 위해 과일을 끓일 때 집 안 구석구석까지 스며들던 그 황홀한 냄새, 그리고 이 모든 것들을 떠올리는 동안 내가 얼마나 많은 것들을 잊고 지내왔는가를 깨닫게 되면서 드는, 나 혼자만 동떨어져 있다는 느낌.

자기 집에 가서 자자는 메흐멧의 초대는 나를 적잖이 당황시켰다. 그러나 그의 이런 친근한 태도, 이 부드러운 책망은 정당한 것이었다. 잘못된 건 나였다. 그는 뿌리를 내리고 있었고, 나는 바람 속에 휘청거리고 있는 존재였다. 나는 큰 도시가 서서히 지워나가다가 결국 누가 누군지 분간도 못하게 만든 수백만의 얼굴 중 하나였다.

내 어린 시절에는 이 고장에 호텔이나 모텔이 많지 않았다. 메흐멧은 삼십 년 넘게 못 보고 지냈던 어떤 사람, 사실상 전혀 낯선 이와 다를 게 없는 사람더러 자기 집에 와서 자라고 초대하고 있는 거였는데, 나로선 그렇게 할 수 없었다. 여러 잔 마신 술과 여태 들은 이야기들 때문에 머릿속은 어지러웠고 다리도 저려오고 있었기 때문에, 이 모든 걸 털어버리고 신선한 기운을 불어넣을 밤 산책이 필요했다. 마르딘은 더 이상 내 어린 시절처럼 안전한 곳이 못되었지만, 고향의 거리에서 무슨 일을 당하지는 않을 거라는 터무니없는 신뢰감 같은 게 있는 법이다.

거리의 한적한 구석 여기저기에 웅크리고 있던 개들은 내가 걸어가는 모습을 올려다봤지만 나한테 별다른 주의를 기울이지는 않았다.

새벽이 오고 있었고, 나는 이 이야기의 나머지가 어떻게 전개될지 궁금해하고 있었다. 이 이야기는 우리 둘 모두에게 감정적으로 힘든 짐이 되고 있었다. 메흐멧은 어떤 지점을 지나자 이야기를 계속할 만한 기력을 잃었고, 나 역시 계속 들을 만한 기운이 없었다.

"우와, 후세인. 우와" 나는 호텔 방으로 들어서는 즉시 이렇게 중얼거리면서 침대에 몸을 내 던졌다.

아마 그 즉시 잠이 들었던 모양이다. 그날 밤, 나는 거대한 상추들이 늘어선 밭 한가운데 서 있는 꿈을 꾸었다. 상추 끄트머리마다 작은 생명체들이 솟아 나오고 있었다. 후세인의 어머니가 말한 진들이었다. 의심할 여지 없이.

너 자신의 피에 취하여

많은 이들이 또한 네 손등에도 입을 맞추게 되기를, 이브라힘. 메흐멧의 아버지 푸앗 아저씨가 말했다. 너는 언제나 어른들에게 공손했지. 이리 와서 앉아라. 미라[23]를 한잔하는 게 딱 좋겠지만, 보통 터키식 커피도 비슷한 효과가 있을 거야.

지금 보다시피, 나는 아주 잘 지낸다. 노년이 내 발뒤꿈치까지 바짝 따라와 있지만, 불편한 데는 전혀 없어. 네가 이스탄불에서 저널리스트가 됐다는 얘길 듣고 아주 자랑스러웠단다. 널 TV에서도 한 번 봤지. 그게 무슨 프로그램이었는지 기억나니? 여기 마르딘에서 열린 결혼식에서 벌어졌던 총격전을 다룬 프로그램이었지. 그자들은 눈

하나 깜짝하지 않고 여자와 아이들을 포함해서 하객 마흔네 명을 죽였지. 당시에 이 일을 둘러싸고 많은 소문이 있었어. 이권의 소재를 둘러싼 다툼이었다고 말하는 이들도 있었고, 동업 관계에 문제가 생겨서 그렇게 된 거라고 하는 사람들도 있었지. 네가 여기 마르딘 출신이다 보니, 여기에 그런 일이 생길 때마다 사람들이 너한테 와서 설명을 구하겠지. 사실 그 사건의 원인은 완전히 다른 데 있었어. 다 질투 때문에 벌어진 일이었지. 그날 죽은 사람 중 하나의 아내와… 신부 가족의 남자 하나가 관련된 거였는데… 알라께서 두 사람 모두 용서하시길. 얘야, 난 내 이 두 눈으로, 너무 많은 피, 너무 많은 고통을 봤어. 그게 이 땅이 굴러가는 방식이지. 피가 그치질 않아. 죽음에 이르기 전까지는 피의 갈등이 끝나질 않아.

왜냐고? 그게 이 지역의 관습이니까. 항상 그래왔지. 특히 그게 명예와 관련된 문제일 때에는, 그땐 누구나 총 말고는 다른 해결방법을 생각하지 않아. 아직 모두들 기억하고 있는 일인데, 전에 이웃 사람 하나가 죽은 사건이 있었어. 하산이라고, 자기 형 총에 맞아 죽었지. 하산은 바람둥이였어. 잘 생기고, 과감하고, 키도 크고—싱싱하고, 종마 같은 자였지. 그 사람 형은 아주 종교적인 사람이라 하산한테 화를 내면서 하람[24]에 대해 경고하고, 죄를 짓는 생활을 청산하라고 요구했지. 그 형은 자기 아내한테 "이 자가 밤에 돌아오지 않으면 즉각 나한테 알리라."라고 지시했어. 불쌍한 아내는 하산이 돌아오지 않는 날 밤이면 문밖에 하산의 신발을 내나놓곤 했어. 자기 남편이 무슨 짓을 할지 몰라 무서웠던 거지.

아, 이브라힘. 하지만 물론 이런 노력도 다 소용없었어. 표범이 어떻게 자기 무늬를 바꾸겠니. 하산은 옆 마을 여자와 관계를 가졌어. 여자는 쌍둥이를 낳았고, 하산은 그 셋을 보려고 자주 그 집에 드나들곤 했지. 이 형은 그 사실을 알고 나서 불같이 화를 냈어. 그 형이란 자는 하산을 세워놓고 이렇게 말했다더군. 하산, 너 보고 싶은 쪽으로 고개를 돌려. 카바[25]가 있는 방향만 빼고. 왜냐면 이제 내가 널 죽일 거니까. 그자가 무슨 생각을 하고 있었는지 누가 알겠니. 카바를 향하고 있는 사람을 죽이는 건 죄지만 자기 형제를 죽이는 건 죄가 아니다? 어쨌거나, 그 자는 동생을 실제로 죽였어. 그래, 자기 친동생의 머리에 총을 쐈어. 그래놓고는 그 옆 마을에서 자기 동생의 아이들을 낳아서 기르고 있는 여자한테 가서는 이제 그 아이들은 자기 책임이라고, 자기 아이들과 함께 기르겠다고 하면서 데리고 왔어. 여자가 결혼을 하게 되면 그때 아이들을 다시 데려다주겠다고 하면서 말이다. 그자는 아이들을 자기 마을로 데리고 와서 빈 오두막에 집어넣고는 문에 자물쇠를 세 겹으로 채웠어. 그래놓고는 "이 문을 열려고 시도하는 자는 내가 쏠 거다"라고 경고했지. 그 아기들이 목이 마르고 배가 고프고 더워서 그렇게 울어대는데, 아무도 감히 그 오두막에 다가갈 엄두를 못 냈어. 마을 사람들은 그 아기들이 며칠 동안이나 우는 걸 그대로 듣고 있었지. 아무 대책 없이 자기들도 울면서 말이야. 나도 이 일을 희미하게 기억하고 있어. 아기들은 하루하루 점점 더 조용해져 갔어. 기운이 빠진 거지. 그러다가 울음소리가 멈췄어. 이브라힘, 이게 우리가 살고 있는 땅이란다. 피와 고통이 멈출 날이 없는 땅. 이게 바로 후세인한테 일어난 일이기도 하지.

방금 내가 얘기해준 그 형이라는 사내 말이야. 그자는 아내한테 매질을 할 때면 아내를 발가벗기고 자기도 발가벗곤 했어. 왜냐고? 사람들은 그자가 변태라서 그러나 하는 생각을 제일 먼저 떠올리겠지만, 그런 게 아냐. 자기 아내가 우는 소리를 들은 사람들이 와서 참견하지 못하게 하려고 그러는 거야. 남자들은 여자가 벌거벗고 있으니까 들어올 수 없지. 여자들은 또 남자가 벌거벗고 있으니까 들어올 수 없고. 이런 악마 같은 교활함을 상상이나 할 수 있겠니? 그 여자는 남편이 원하는 건 언제든지 뭐든지 한 사람이야. 남편한테 포도를 줄 때는 미리 한 알 한 알 껍질을 다 벗겨서 줬지. 말했지만, 이 땅은 이해 불가능한 곳이야.

얘야, '하레세'가 무슨 뜻인지 아니? 고대 아랍에서 쓰던 말이지. 탐욕, 욕심, 야심, 게걸스러움, 이런 종류의 말들의 뿌리에 놓여 있는 말이야. 그래, 그게 바로 '하레세'야. 낙타를 일컬어 사막의 배라고 하지? 이 축복받은 짐승은 워낙 강인해서 먹지도 마시지도 않은 채 몇 주 동안이고 사막을 걸어갈 수 있지. 그런데 이놈들은 모래 속에서 자라는 한 가지 특정한 종류의 엉겅퀴를 아주 좋아해. 그래서 이걸 만날 때면 걸음을 멈추고는 뜯어먹기 시작하는데, 그걸 씹는 동안 억센 가시가 입안을 온통 너덜너덜하게 만들어놓게 돼. 이때 입속에서 흐르는 피의 찝찔한 맛이 엉겅퀴의 맛과 섞이게 되는데, 낙타는 바로 이 맛을 너무나 좋아해. 낙타는 씹으면서 피를 흘리고, 피를 흘리면서도 씹지. 낙타는 이거라면 한도 끝도 없이 먹으려 들어. 억지로 멈춰주지 않는다면, 아마 과다출혈로 죽을 때까지 계속 먹을 거야. 이게 바로 '하레세'야. 내가 이미 말했지만, 이게 바로 탐욕, 욕심, 게걸스러움을 일컫는 우리 말의 뿌리지. 그리고 이게 바로, 얘야, 중동이 걸어왔고 지금도 가고 있는 길이야. 우린 역사가 시작될 때부터 서로를 죽여왔어. 모르는 새에 스스로를 죽여온 셈이지. 우린 우리 자신의 피에 취해 있는 거야.

뭐라고? 좀 크게 말해 주겠니—듣는 게 예전 같지 않아. 그래, 그래, 이것도 다 그 망할 놈의 아이시스 짓이지. 피에 굶주린 땅에 깃든 피에 굶주린 무리들. 후세인을 쏜 것도 그놈들이야. 잠깐만, 잠시 진정해봐. 내가 차근차근 끝까지 다 설명해 줄 테니까. 서두를 필요 없어. 얘야, 천천히 같은 속도로 뛰는 놈이 경주에서 이기는 법이야. 메흐멧의 친구들 중에 어떤 아이들은 운이 나쁘지. 라이프나 후세인 같은 아이들. 그게 운명이야. 마르딘에 사는 우리 모두는 다 널

자랑스럽게 여기고 있어. 우리도 모두 후세인과 다를 바 없지만, 안타깝게도 하레세가 후세인의 운명이었지. 넌 다행히도 이스탄불로 가서 스스로를 구할 수 있었던 거야. 네 부모는 일찍 세상을 뜨셨지만, 알라께서 그들을 안식케 하시기를. 너는 스스로 잘 컸구나, 아주 잘 했어.

그래, 난 네가 알고 싶어 하는 걸 알고 있지. 넌 지금 후세인의 머리 위로 이 모든 재앙을 불러온 그 여자아이에 대해 좀 더 알고 싶은 거지. 그 소위 악마 숭배자들로 불리는 야지디들 말이야.

얘야, 일단 분명히 해야 할 것들 먼저 정리하자꾸나. 이 사람들은 야지디가 아냐. 에지디가 정확한 이름이지. 이 사람들의 종교는 육천 년을 거슬러 올라가는 거야. 유대교, 기독교, 이슬람보다 더 오래됐지. 이 주제를 다룬 진지한 책들을 내가 좀 가지고 있긴 한데, 아랍어 읽을 줄 아니? 그렇겠지. 메흐멧도 마찬가지야. 너희 세대는 아랍어로 말은 좀 할 줄 알지만 읽고 쓰는 데 사용하는 언어는 터키어지. 그건 그렇고, 설명을 해줄게. 에지디들은 하루에 세 번 태양을 향해 기도를 드려. 그 사람들 신앙이 고대의 태양숭배 종교에 뿌리를 두고 있다고 말하는 사람들이 있지. 워낙 오래된 신앙이라 원래 어디에서 시작됐는지 알고 있는 사람은 아무도 없어. 이 근처에 있는 오래된 시리아인들의 수도원에 대해 알고 있니? 그 *다뷜자파란 수도원*[26] 밑에 고대의 태양 사원이 있어. 사천 년 전에 세워진 곳인데, 에지디들은 이곳에 가서 기도를 드리지. 에지디들은 신이 있고, 그가 일곱 천사들을 거느린다고 믿고 있어. 그중에서 이 사람들이 제일 좋아하는 천사는 타부스라는 이름을 가지고 있어. *타부즈 멜렉*이라고 부르기도 하지. 그 사람들 말로 공작 천사라는 뜻이야. 그래, 공작의 형상을 한 천사야. 신이 인간을 창조하고 나서 자신의 천사들을 불러 그 피조물에게 인사하라고 하자 타부스 천사는 그걸 거부해. 나는 불에서 나온 존재고, 그들은 흙에서 나왔소. 나는 그들 앞에 엎드리지 않을 것이요. 타부스는 그렇게 말했지. 그리고 그 대가로 천국에서 추방당했어. 바로 여기서 악마숭배니 어쩌니 하는 말이 나오게 되지. 왜냐면 이보다 나중에 나온 종교들에서는 사탄이 천국에서 추방된 천사라고 돼 있어서, 사람들은 타부스가 곧 사탄이고, 따라서 타부스를 경배하는 자들은 곧 악마를 경배하는 거라고 생각하게 된 거야. 하지만 타부스는 그렇게 추방당하고 난 뒤에 자신의 말에 대해 후회했어. 칠천 년 동안 눈물을 흘려서 지상의 모든 불을 꺼뜨리고, 모든 물이 넘쳐흐르게 했지. 그래서 그들의 신인 에즈드[27]는 타부스 천사를 용서하고 타부스를 다시 최고 천사의 자리에 올려놓았다고 해. 이게 바로 에지디들이 믿는 바야. 그 사람들은 타부스 천사를 신성한 존재로 생각할 뿐, 악마에 대해서는 언급도 하지 않아. 타부스 천사는 선한 존재인가 악한 존재인가 하고 묻는다면, 그에 대한 답은, 타부스는 선과 악을 한 몸에 모두 안고 있는 천사라는 게 될 거야.

　에지디는 선한 사람들이지만, 유사 이래 줄곧 악마 숭배자들이라는 혐의를 받고 박해받아왔고 그래서 그 수가 많이 줄어들었지. 이 가련한 사람들은 인류라는 나무에서 부러져나간 가지야. 그 사람들 스스로도 그렇게 말하지. "우린 인류라는 나무에서 부러져나간 가집니다." 그런데 아이시스가 오면서 새로운 학살이 시작됐어. 그자들은 에지디의 마을을 습격해서 남자들을 죽이고 목을 자른 뒤 불에 태웠어. 여자들과 여자아이들은 강간하고, 아이들은 에지디를 혐오하도록 키우기 시작했지. 너무나 큰 고통이 있었어, 얘야, 너무나 큰 고통이. 그럴 수 있는 사람들은 그들의 성지인 신자 산[28]으로 도망쳤고, 거기에서 국경을 넘어 터키로 와서 피난민 캠프로 들어갔지. 가련하고 가련한 사람들. 그 사람들이 고통받는 걸 보는 건 영혼이 온통 뒤흔들리는 일이야.

　이제 네가 정말로 궁금해하는 문제로 돌아와 보자. 후세인과 멜렉나즈라는 그 여자아이. 나는 후세인을 이리로 불러서 그 애가 상황을 제대로 보게 하려고 애를 썼어. 후세인한테 이 에지디 여자애와 결혼하는 게 가능하지 않은 일이라고 말해줬어. 그건 이슬람에서 금하고 있을 뿐만 아니라 에지디 신앙에서도 금지되어 있는 일이라고. 하지만 이 사람들은 정말 좋은 사람들이에요, 푸앗 아저씨, 후세인은 그렇게 말했지. 이 사람들의 마음은 정말로 순수해요. 아저씨가 멜렉나즈를 봤다면…

　알아, 애야, 내가 말했지. 그 악마 숭배라는 게 터무니없는 소리라는 건 내가 잘 알아. 하지만 이게 세상사가 돌아가는 방식이야. 나는 너와 그 불쌍한 여자애, 그리고 그 애의 눈 먼 아기를 보호하려는 거야, 이 마르딘이라는 지역 자체로부터. 여기에 아이시스를 지지하는 자들이 많은 건 너도 알잖니. 그자들은 너나 그 여자아이를 살려두지 않을 거야. 넌 그자들도 에지디 여자들을 취하지 않느냐고 말하고 싶겠지, 하지만 그건 다른 문제야. 그자들은 에지디 여자들을 노예로 취하는 게 수천 년 동안 내려온 전통에 따르는 일이라고 믿고 있어. 그자들은 에지디 여자를 성 노리개로 삼았다가 다시 노예시장에 팔아넘기지. 이제 열 살이나 간신히 된 여자아이들을 담배 한 갑과 바꾸는 거야. 너는 그 여자와 결혼을 하려고 하고 있어. 그자들은 이건 도저히 받아들이지 못할 거야. 무슬림과 에지디는 부부가 될 수 없어. 이게 말이 안 되는 소리란 건 나도 알아. 알아, 내가 열린 마음을 가진 사람이라는 건 너도 알고 있잖아. 하지만 이건 이 땅이 굴러가는 방식이고 우린 이걸 바꿀 수가 없어. 여긴 신앙이 모든 것에 앞서는 데야. 설령 그게 잘못되고 퇴행적인 거라고 해도. 후세인, 이 길은 오직 죽음으로 향할 뿐이야. 제발, 널 가르치던 이 선생 말을 듣고 너무 늦기 전에 이 열병에서 깨어나야 해. 난 이렇게 말했어.

난 후세인을 설득할 수 없었어. 그 애는 "난 그 여자를 구해줄 거예요."라는 말만 되풀이하면서 다른 말은 들으려 하지 않았어. 그렇게 되니까 나도 그 여자아이가 궁금해지더군. 도대체 어떤 아이길래 그토록 신실한 무슬림인 후세인이 자신의 어머니와 누이동생, 약혼녀, 그리고 이 마르딘 전부를 버리도록 할 수 있단 말인가? 그 여자아이는 지금 어디 있나? 후세인에게 물었지. 그 여자애는 어디론가 사라졌고 자기도 지금 찾는 중이라고 하더군. 그 여자애는 심지어 자기 애까지 놔둔 채로 가버렸다더군. 그때 그 상추 사건에 대해 후세인이 내게 이야기해줬어.

　상추는 에지디 신앙에서는 죄로 가득 찬 물건이야. 가장 큰 죄악이지. 그렇게 된 이유라는 게 있긴 있겠지만, 죄다 풍문 같은 말뿐이지. 수천 년을 전해 내려온 이야기니, 아마 그 사람들도 그 이유는 잊어버렸을지도 몰라. 그런 이야기를 하고 있는데 후세인이 점점 더 초조해하고 있다는 게 눈에 보이더군. 어서 일어나서 그 여자아이를 찾으러 가고 싶지만 나한테 불손해 보이고 싶지 않아서 참고 있는 것 같았어. 그 애가 얼마나 사려 깊은 성격인지는 너도 기억하고 있겠지. 마침내 더 이상 앉아있지 못하겠나 보더군. 그 애가 "작별인사를 드리게 손을 내밀어 주십시오, 나의 선생님, 저는 이만 가봐야겠습니다."라고 말할 때, 나는 그 애의 마음이 우릴 떠났고, 내가 한 어떤 말도 그 애의 마음을 바꾸지 못했다는 걸 알았어. 그 불쌍한 아이는

내 손을 가져다가 자기 이마에 대고는 문자 그대로 저 문을 뛰쳐나
갔어. 자기를 기다리고 있는 죽음의 천사의 팔로 뛰어들어간 거지.

성스러운 메소포타미아의 태양

"아이셀, 자꾸 물어봐서 피곤하게 만드는 건지 모르겠는데, 제발, 제발 이해해 주기 바라. 그 여자가 도망쳤을 때 후세인이 어떻게 했어?"

"어떻게 했을 것 같아요? 미치광이처럼 온 마르딘을 들쑤시면서 그 여자애를 찾아다녔어요."

"그러고 나서는?"

"이 모든 이야기가 들불처럼 시내에 번져 나갔죠. 결국 아이시스를 지지하는 어떤 그룹에서 그 이야기를 알게 됐고요. 그 사람들은 오빠를 쫓아가서 그 악마의 딸을 찾는 걸 그만두라고 경고했어요.

자기들이 그 여자를 찾는 순간 죽일 거라고도 했고요. 그리고 만약 오빠가 먼저 그 여자를 찾아 결혼까지 하게 된다면 자기들이 두 사람 모두를 찾아내서 둘 다 쏴죽일 거라고도 했어요."

"그 사람들이 네가 말한 그대로 말했는데도 후세인은 말을 안 들었나?"

"안 들었어요. 그리고 오빠는 그 사람들보다 훨씬 더 똑똑하니까 그 사람들보다 먼저 그 여자를 찾아냈어요."

"어디에 있었는데? 피난민 캠프에?"

"아뇨. 그 캠프는 여기서 멀어요. 돈 한 푼 없이 갈 수 있는 거리가 아니라서 오빠는 거긴 아예 찾아보지도 않았어요."

"그럼 어디에 있었는데?"

"오빠는 그 여자가 야지디들한테 성스럽게 여겨지는 장소를 찾아갈 거라고 생각했어요."

"거기가 어디야?"

"태양의 사원을 말하는 거죠."

"다뢸자파란 수도원 아래 있는 거?"

"바로 거기예요. 태양이든 악마든, 아니면 뭐가 됐든 그게 자기를 보호해줄 거라고 믿었겠죠."

이 대화를 마치고 나서 두 시간 뒤, 나는 다뢸자파란 수도원의 문 앞에서 숨을 헐떡이면서 서 있었다.

나는 우선 수도원의 존경받는 아시리아인 수도사 가브리엘을 찾아 허락을 구했다. 그는 살아있는 모든 것들에 대해 초연한 눈길로 나를 맞이했다. 그는 내가 그 기이한, 동굴 같은 실내에 잠시 홀로 머물고 싶다는 뜻을 너그럽게 받아주었다.

　태양의 사원은 거대한 판석들의 힘만으로 서 있다. 돌과 돌 사이에는 아무런 접합재도 사용되지 않았고, 오로지 중심부의 쐐기돌과 주변의 돌들이 서로에게 압력을 가함으로써 제 자리에 붙들어놓는 방식으로 사천 년을 버티어 온 것이다. 이 생각을 하면 등골이 서늘해진다. 이건 어느 날 갑자기, 이를테면 지진으로, 허물어지게 될 것이다. 나는 멜렉나즈가 여기에 왔었다는 사실을 보여줄 실마리를 찾아다닌다. 그 여자는 어떻게 해서 이 안으로 들어올 수 있었을까, 어느 바위 밑에 누워서 쉬었을까? 이 돌일까, 아니면 저 돌일까? 그 여자는 울고 있었을까, 아기를 그리워했을까, 아니면 죄를 지었다는 공포감이 이 모든 생각을 압도하고 있었을까? 이 며칠 전까지만 해도 나는 에지디에 대해서는 아는 게 전혀 없었다. 사실은, 여태 그들을 야지디라고 불러왔으며, 그 사람들이 악마를 숭배한다는 이야기를 듣긴 했지만 거의 신경을 쓰지도 않았다. 있는 힘을 다해 몸을 비틀어서 껍질을 벗어버리는 뱀처럼, 나는 알라니 악마니 하는 것들에 관련된 모든 것을 이미 오래전에 벗어던진 상태였다. 나는 오래전 대학 시절에 에지디 소녀와 무슬림 사내애의 이야기를 다룬 '마흐무드와 예지다' 라는 희곡을 읽은 걸 기억해 냈다. 그때 그 희곡에서 에지디들을 둘러싸고 원이 그려지자 에지디들이 그 안에서 꼼짝도 못하는 장면을 읽으면서 깜짝 놀랐던 기억이 있다. 나는 그게 극적인 설정이라고 생각했지만, 내 친구들은 그게 사실이라고 확인해 줬었다. 아이시스의 젊은 사내들은 처음 멜렉나즈를 봤을 때 원을 그려서 그 안에 가둘 생각을 했을까? 누군가 다시 그렇게 하면 그 여자는 결국엔 자기 마음이 만들어 놓은 감옥 속에 갇혀버리게 될까?

태양의 사원이 완전한 어둠 속에 잠기는 걸 막아주는 건 돌로 된 벽에 직사각형으로 뚫려 있는 공간 하나뿐이다. 작렬하는 메소포타미아의 해가 가느다란 빛줄기가 되어 그리로 들어온다. 이미지 하나가 돌연히 마음속에 떠오른다. 그 구멍을 통해 들어오는 아침 햇살이 한 젊은 여자의 얼굴을 비춰주면서 그녀를 하루의 첫 번째 기도로 초대하는 모습… 그 여자의 모습이 바로 지금, 이 자리에서 보이는 것만 같다. 이 어두컴컴한 지하 공간, 시간과 공간에 대한 모든 감각이 사라지는 것 같은 이곳의 신비한 분위기로 인해 현기증이 나는 것 같다. 나는 나 아닌 다른 존재, 최소한 이곳에 들어오기 전의 나와는 다른 어떤 존재가 된 것 같다. 갑자기 나의 생명의 길이와 세계의 그것 사이에 엄청난 간극이 있다는 걸 깨닫게 되면서, 거기서 비롯된 불안감이 마치 개기일식처럼 나를 덮쳐 내가 자명하다고 따르고 있던 모든 믿음을 뒤흔든다.

디지털 세계의 시민이자 무신론자, 혼잡스럽기 그지없는 이십일 세기 대도시에서 온 저널리스트인 내가 이렇게 느낄 정도일진대, 신화와 전설이 일상의 한 부분이었던 시대를 살아온 이들에게 이런 으스스한 장소가 얼마나 강렬하게 다가올지 나로서는 상상도 하기 어렵다. 애당초 후세인에 대한 생각으로 시작된 일이었으나 이제는 멜렉나즈에 대한 나의 호기심이 그걸 압도하는 것 같다. 그 여자는 어떤 사람일까—어떻게 생겼을까? 반항적일까, 야성적일까, 가련해 보일까, 교활할까, 아니면 이 모든 걸 다 가지고 있을까? 아이셀이 건네준 사진첩에 사진이 없었기 때문에 그 여자의 얼굴을 그려볼 수는 없지만, 왠지 모르게, 이 어두운 사원 안에서는 그녀의 영혼이라고밖에는 말할 수 없는 어떤 것이 느껴지는 것 같다. 나는 어둠 속을 향해 "멜렉나즈"라고 여러 번 속삭였던 것 같다… 그랬던 거 같다… 아닌가.

나는 초자연적인 것에 대한 믿음이 전혀 없는 사람이지만, 이 지하의 어두운, 돌로 지어진 사원 깊은 곳에서 마치 기이한, 영적인 경험이라도 겪는 것처럼, 내 영혼이 육체로부터 점점 분리되어가는 듯한 느낌을 받는다. 내가 대학에 다니던 시절의 교수는 이런 것들을 통틀어 비어있는 믿음이라고 일컬을 것이었다. 그는 초월적인 것에 대한 믿음은 실재와 그 어떤 유사성도 가지고 있지 않기 때문에 내용적으로 완전히 텅 비어있는 것일 수 있지만, 그러나 그럼에도,

인간의 창조성의 상당 부분은 그것에 기대고 있다고 설명했다. "지구라트 피라미드의 사면을 계단식으로 지은 게 얼마나 황당한 이유 때문인지 압니까?" 우리 학생들에게 그는 그렇게 물었다. "마야인들은 정글에 있는 독사들에 대한 공포가 너무나도 컸기 때문에 그것들을 성스러운 존재의 반열에 올려놓고 그것들을 기리는 피라미드들을 지었어요. 그리고 그 피라미드가 하루의 어느 시간에, 어느 방향에서 햇빛을 받든지 그 그림자의 모양이 뱀을 닮은 것이 되도록 했습니다. 그 결과는? 황당한 믿음이 낳은 놀라운 미학의 탄생이죠. 전 세계에 있는 다른 모든 신전들, 피라미드들, 그리고 제단들 모두 마찬가지예요. 그렇기 때문에 어떤 것들은 비어 있는 믿음이라고 하찮게 다뤄져서는 안 되는 겁니다. 그것들이 없다면 인류의 문화, 음악, 미술, 그리고 문학의 상당 부분은 존재하지 않을 겁니다. 다윈이 처음 갈라파고스 군도에 갔던 건 신의 존재를 증명하기 위해서였습니다. 전기장을 연구한 파러웨이의 의도 또한 신의 존재를 증명하겠다는 것이었습니다."

태양의 사원의 돌벽에 기대있는 동안 내 마음속을 왔다 갔다 한 건 이런 말들이었다. 내 두 눈은 멜렉나즈가 남겼을지도 모르는 어떤 흔적을 찾아 구석구석을 더듬었다. 기이하게도, 나는 그걸 찾아냈다. 그러나 눈이 아니라 손으로. 손으로 어둠 속을 더듬는 동안 무언가 부드러운 게 손끝에 걸렸다. 희미한 빛 속으로 들어 올려서 보니, 그건 하얀색 손수건이었다. 처음에 볼 때는 여느 손수건과 별다를 바가 없어 보였지만, 차츰 어둠 속에서 눈이 적응되고 나니 작은 공작새, 한쪽 구석에 붉고 검은 색으로 자수가 놓여 있는 공작새: 타부스 천사의 모습이 보였다. 내 상상에 불과한 것일지도 모르겠지만, 나는 거기서 아주 옅으나마 한 여인의 향내를 맡을 수 있었다. 나는 멜렉네즈의 물건을 내 손에 쥐고 있다. 다른 것도 아니고, 그녀가 자신의 눈물을 닦을 때 썼던 그 손수건. 내 손은, 처음으로, 타부스 천사의 이미지를 부드럽게 건드려본다. 선과 악의 천사, 후회의 천사, 놀랍게도 악마와 천사의 합체가 된 천사, 용서를 비는 모든 가련한 자들 중 가장 가련한 자인 천사, 선함과 사악함이라는 관념을 넘어 여행한 천사. 타부스 천사는 바다를 눈물로 채움으로써 멜렉나즈와 하나가 된다. 한 여자가 멀리서 소리 지르고 있는 것 같다. *우린 인류라는 나무에서 부러져 나온 가지예요.*

　　나 또한 곧 울음이 나올 것 같다. 정신 차려, 이브라힘, 나는 나 자신에게 말한다, 멍청이같이 굴지 마, 이 타운의 살아있는 신화에 **빠져들지** 말아.

아시리아인 사제 가브리엘이 기억하다

이브라힘, 방문해 줘서 기쁩니다. 우리도 물론 선생께서 쓴 기사들을 읽습니다. 마르딘에서 선생처럼 모두의 모범이 되는 인물이 나와서 우리 모두 자랑스럽게 생각하고 있습니다. 맞습니다, 선생께서 이 수도원에 대해 제대로 알고 있는 겁니다. 이걸 지을 때 지역 벌판에서 난 사프론을 반죽에 섞어서 지었기 때문에 건물색이 이렇게 밝은 노란색이 나오게 된 겁니다. 그리고 다른 질문 또한, 물론, 저널리스트로서는 당연히 궁금한 사항일 겁니다. 과연 어떻게 해서 기독교 신앙의 가장 오래된 종파인 아시리아인 수도원이 이교도 사원 위에 지어지게 됐는가? 그러나 그건 이걸 지은 사람들한테 물어봤어야 할 거 같습니다. 내가 아니라. 아마도 너무 오랜 시간이 지나서 그렇게 된 걸 텐데, 이제는 저 태양의 사원에는 기능과 의미가 거의 남아 있지 않습니다. 따지고 보면 우린 신참자인 셈입니다. 이 수도원의 역사는 겨우 천육백 년 정도밖에 안 되는데, 이 밑에 있는 저 사원은 사천 년 정도 됐습니다. 웃지 마세요, 진지하게 하는 얘깁니다. 이 지역에서는 천육백 년 전이란 건 바로 어제와 마찬가지예요!

문에 쓰인 글귀 혹시 보셨나요? 솔로몬의 시편들입니다. 우리말, 아람어로 쓰인 거죠. 우리의 성스러운 조상들이 이 건물을 지었습니다. 알라의 축복이 그들과 함께하기를. 예, 알라의 축복. 우리는 터키어로 말할 때는 그분을 알라라고 부릅니다. 아람어에서는 엘리라고 합니다. 엘리, 엘로이, 일라, 알라, 모두 하나이고 같은 존재 아닐까요? 우리를 창조한 한 존재의 이름인 겁니다. 우리의 선지자 예수께서는 십자가에 달리셨을 때 마지막 말씀을 아람어로 하셨습니다. 기독교 역사에 대해서는 좀 아실 테지요. *엘리, 엘리 라마 사박다니?* '신이여, 신이여, 왜 나를 버리시나이까?' 오늘날의 이 수도원에서 우리는 여전히 같은 말, 성경에 쓰인 그 언어를 그대로 쓰고 있습니다. 단 하나의 존재에 대한 같은 신앙을 우리의 마음속에서 공유하고 있는데, 이름이 무슨 상관있겠습니까?

자, 선생께선 방금 나한테 대답하기 어려운 질문을 던졌습니다. 야지디는 우리의 성스러운 창조주에 대해 이런 이름들 중 어떤 것도 사용하지 않습니다. 내 개인적인 생각으로는 그 사람들은 이 창조주를 믿지 않는 것 같습니다. 그 사람들한테는 타부스 천사가 있죠. 알라께서 그 사람들을 그 강박관념으로부터 구원해 주시기를. 그들은 죄 속에 살고 있소. 그래요, 그래요, 이슬람에 죄인이 있고, 우리 신앙에도 죄인이 있고, 유대교에도 있는 것처럼 말입니다. 누가 무슨 짓을 하든, 그 사람들은 자신들의 맹목적인 신앙 안에서 꿈쩍도 하지 않습니다. 도대체 누가 공작새 따위를 경배할 수 있단 말인가요, 이브라힘, 생각해 봤습니까? 당신은 견실한 무슬림이죠. 자, 말해 보시오, 도대체 이건 무슨 신앙입니까? 게다가 그들 앞에서는 이름이 뭐가 됐든 악마에 대해서는 말도 꺼낼 수 없습니다. 나는 위대한 창조주께서 그 사람들에게 곧 바른길을 보여주시게 되길 기도하지만, 그 사람들은 몹시 완고한 사람들입니다. 불행하게도 그 사람들은 역사의 전 과정을 통해 박해를 받아왔지만, 꿈쩍도 하지 않습니다. 그들의 신앙은 바꿀 수 없어요.

선생은 이 야지디 소녀, 멜렉나즈라는 이름의 불쌍한 여자아이에 대해 알고 싶은 거죠. 나로선 그 이유를 모르겠지만, 어쨌거나, 내가 알고 있는 만큼 말씀해 드리겠습니다. 우리 동료 수사 중 하나가 태양의 사원에서 울음소리가 들려오는 걸 듣고 그리로 들어갔다가 한 여자아이가 울고 있는 걸 발견했습니다. 그가 그 아이를 이리로 데리고 왔습니다. 배고프고 목이 마른 상태라는 게 눈에 보였지만,

그 아이는 울음을 멈추려 하지 않았습니다. 우리가 터키어와 아람어로 말을 걸어봤지만 소용이 없었습니다. 그런데 아랍어와 쿠르드어는 알아듣더군요. 이름을 물어보니 멜렉나즈라고 했습니다. 어떤 신앙을 가지고 있는 사람이든, 우리는 피난처를 찾아 우리의 수도원에 들어온 사람을 내쫓지는 않습니다. 이브라힘. 우린 그 아이를 손님 방으로 데리고 가서 음식과 물을 주고 쉴 수 있게 해줬습니다. 그아이는 오랜 시간 동안, 후세인이 뛰어들어와서 데리고 나가던 바로그 순간까지 잠을 잤습니다. 후세인은 우리에게 모든 사정에 대해이야기해줬습니다. 그 여자아이는 야지디이지만 두 사람은 결혼을약속한 사이라고 하더군요. 우리가 후세인에게 무어라 할 위치에 있지는 않지만, 우린 그의 행동이 이슬람에서 받아들일 수 없는 일인것과 마찬가지로 기독교 신앙에도 거스르는 거라는 점을 상기시켜줬습니다. 후세인은 우리 말을 받아들이지 않은 채 그 여자를 데리고 떠났습니다. 그 뒤로는 그 두 사람 중 어느 누구도 보지 못했습니다. 물론 그 뒤에 그 불쌍한 사내한테 벌어진 그 끔찍한 일들, 총에맞아 병원에 실려 가고, 그리고 미국에서 참혹한 최후를 맞이한 일들에 대해선 우리도 모두 들었습니다. 알라께서 그의 영혼에 자비를베푸시기를. 그 사람은 우리한테는 참으로 선량하고 정직한 형제였소. 그처럼 고집 센 신앙을 가진 여자를 만나 그 젊은 나이에 그렇게 비극적인 최후를 맞게 되다니… 그 소식을 듣고 우리 모두 얼마나 비통해

했는지.

후세인이 선생의 어린 시절 친구라는 사실은 몰랐습니다. 그래서 오신 건가요? 가족한테 우리의 애도의 뜻을 꼭 전해주기 바랍니다. 알라께서 그들에게 인내심을 허락해 주시기를.

그 멜렉나즈라는 여자아이… 예, 뼈만 앙상하고 검은 머리에, 마른 얼굴에 커다란 눈이 두드러져 보였습니다. 두 눈에는 이상한 번득임 같은 게 있었어요. 어떤 때는 분노로, 어떤 때는 증오로 가득 차 있고, 또 어떤 때는 매우 도전적이었습니다. 그걸 어떻게 설명할 수 있을까요? 무거운 비밀을 감추고 있을 거라고 짐작하게 만드는 시선이었습니다. 어쩌면, 만약 그 아이가 자기 이야기를 풀어낼 수만 있었다면, 그 눈빛은 그나마 덜 강렬해 보였을지도 모르죠. 그 침묵 때문에 그 아이의 시선이 더 깊게 느껴졌는지도 모르겠습니다. 간단하게 말하자면, 우린 그 여자아이에 대해 아무것도 파악할 수 없었지만, 그 아이의 그 연약한 육체 안에 깃들어있던 정신은 그대로 살아남았고, 그게 우리 모두한테 어떤 식으로든 영향을 끼쳤다는 것만은 분명합니다. 우리는 그 아이가 여길 떠난 뒤로도 오랫동안 그 아이를 기억했습니다.

아뇨, 지금 어디 있는지는 전혀 모릅니다. 태양의 사원을 둘러보고 싶으시겠죠? 이렇게 이야기를 나누고 나서 어떻게 그렇지 않을 수 있겠습니까. 어쩌면 거기에 대해 뭔가를 쓰시게 될지도 모르겠군요.

전 약혼녀

다음 날, 하루라도 빨리 후세인의 전 약혼녀를 만나보고 싶어서 초조하게 끙끙거리면서 아직 애도 중인 가족을 이용하는 무례를 저지르는 것조차 마다하지 않는 이 저널리스트의 꼴을 보다 못한 아이셸이 머리에 짙은 색 스카프를 두른 채 사피예의 가족이 사는 저택으로 나를 데리고 갔다. 이 지역의 다른 전통적인 건물들과 마찬가지로 부드러운 마르딘 산 석재를 사용해서 정교하게 조각을 해 넣었는데, 돌은 이 과정에서 공기와 접촉하면서 산화되어 핑크에 가까운 붉은색을 띠고 있다. 이 지역 명가가 누대에 걸쳐 살아온 대저택이다. 얼마나 많은 세대가, 얼마나 많은 변화를 목격하면서 살아왔을까.

우리를 일층의 응접실로 맞아들인 사피예는 누구나 보게 되는 즉시 "아, 정말 아름답다"라고 생각하게 되는 그런 육감적인 스타일의 여자였다. 아름다움을 사막의 밤과 같은 깊고 짙은 눈으로 평가하는 이 동부지역에서는 풍만한 여성을 선호한다. 살짝 두 겹으로 층이 진 사피예의 턱은 그녀를 좀 더 매력적으로 보이게 했다.

아이셀이 소개를 마치고 나서, 사피예는 처음에는 얌전하고 여성적인 비애의 모습을 보여주다가 결국에는 내면에서 들끓어 오르면서 자신을 강퍅하게 만든 가라앉지 않는 분노를 보여주기 시작했다. 짓밟힌 자신의 명예로 인한 고통이 사랑하는 사람을 잃은 슬픔을 압도하고 있는 것처럼 보였다. 그녀의 좁고 모양이 잘 잡힌 콧구멍은 그녀가 후세인을 이름으로 부르는 대신 "그 소위 너네 오빠라는 사람"이라고 칭할 때마다 불을 뿜는 것 같았다.

"용서해줘 아이셀, 하지만 소위 너네 오빠라는 사람은 배은망덕하고 고마워할 줄도 모르는 몹쓸 인간이었어. 정상이 아니야, 맞아, 정상이 아니었어. 세상에 제정신인 어떤 사람이 그런 시건방지고, 악마를 숭배하는 계집애를 위해서 자기 인생을 발로 차버리겠어? 생각을 해봐, 더 이상 완벽할 수가 없는 인생을 말이야! 심지어 그 여자는 애도 있어. 아버지도 없고, 게다가 눈까지 먼 애. 도대체 내가 뭘 어쨌길래 너네 오빠처럼 잔인한 사람을 만났어야 해? 내 아버지는 창피해서 고개를 못 들고 다니셔. 어머니는 하루 종일 울고만 있고.

친척들은 우릴 완전히 무시해. 난 버려진 신부야. 아이셀, 난 항상 너에 대해서 좋게 생각해 왔어. 너도 알 거야. 하지만, 내 인생을 걸고 말하는데, 알라께서 네 그 못된 오빠한테 반드시 대가를 치르게 하실 거야." 그녀는 후세인이 아직 살아있는 것처럼 말을 해서 나를 놀라게 했다. "알라께서 네 오빠의 머리 위에 커다란 재앙을 내려서, 다른 사람의 명예를 장난감 취급하는 게 대체 얼마나 큰 잘못인지 그 사람이 알게 되기 바래." 그녀는 말했다.

비슷한 종류의 저주들이 이 선언에 이어져서 나왔다. 나로서는 이 일 전에는 별로 들어본 적이 없는 진정으로 우아한 저주의 강물이었다. 이 중에 몇 가지는 적어놓는 게 좋을지도 몰라, 나는 생각했다. 나는 "알라께서 그자에게 온갖 가려움증을 내려주시지만 손톱은 허락하지 않으시길"이라는 저주가 특히 마음에 들어 기억에 담아두었다. 그게 대체 어떤 걸까. 세상에 그런 고문이 또 어디 있겠는가.

사피예는 그녀의 전 약혼자가 아직 살아 있고, 후세인이 저 먼 곳에서 살해되지도 않았고, 영구차에 실려 온 후 이미 매장된 적도 없는 것처럼 말하고 있었다. 죽어도 잊히지 않고, 죽어도 용서받지 못하는 종류의 배신이 있는 모양이다. 바로 그 순간, 아이셀이 내가 생각하고 있던 그 문제를 언급했다. "사랑하는 사피예, 지금의 그 고통은 이해해요, 어떻게 안 그럴 수 있겠어요? 우리도 똑같이 고통을 겪고 있어요. 하지만, 우리 후세인 오빠는 이제 죽었어요. 죽은 사람에 대해 그렇게 얘기하는 법은 없어요."

이 말을 듣자마자 갑자기 사피예의 눈에서 눈물이 쏟아지기 시작하면서 양쪽 볼이 아래로 축 처졌다. "난 그 사람을 많이 사랑했어. 사랑에 빠졌었어. 난 도저히 그 사람의 죽음을 받아들일 수가 없어. 후세인이 더 이상 여기 없다는 사실도. 그 사람이 어떻게 이렇게 영원히 가버릴 수가 있어, 생각하고 또 생각해. 미친 듯이 혼란스러운데, 한편으로 그 사람을 절대로 용서할 수가 없어."

그녀의 마음속에서 분노와 그리움, 자존심과 수치심, 복수심과 슬픔이 실타래처럼 뒤엉켜 있는 걸 보면서 그녀가 가엾다는 생각이 들었다.

"어쩔 수 없이 이따금 이런 생각이 들어," 그녀가 말을 이었다, "내 저주 때문에 그 사람이 죽은 건 아닐까, 정말 너무나 상처를 받아서, 깊이깊이 저주했거든. 기도를 하기 위해 엎드려 있을 때마다 내가 떠올릴 수 있던 거라곤, 알라여, 후세인이 내가 받고 있는 고통보다 열 배의 고통을 받게 해 주소서 하는 거였어. 내가 그 사람을 죽인 걸까, 하는 생각. 이 생각도 멈출 수가 없어."

시

그날 밤, 작별인사를 나누려 하는 찰나, 아이셀이 잠깐 기다리라고 했다. 뭔가 잊어버린 게 있다는 것이었다. 그녀는 내 손에 둥글게 구긴 종이 뭉치를 쥐여 주었다.

"이게 뭐야?"

"후세인 오빠가 그 여자애한테 쓴 시예요."

얼른 펴보았다. 그 자리에서 오래 들여다보고 있을 생각은 아니었다.

연애시인 거 같아요, 아이셀이 말했다. 엄마는 난로에 던져 넣으라고 했어요. 거기에 주술이 걸려 있을지도 모른다고. 그럴 수도 있지 않겠어요? 그 여자—그 악마한테 뭐가 불가능하겠어요. 벽난로에 던져 넣으려다가 오빠한테 혹시 쓸모가 있을 지도 모른다는 생각이 들었어요. 읽든지 버리든지 마음대로 해요. 다만 그 여자가 오빠도 옭아매지 않게 조심해요.

아이셀이 "그 여자가 오빠도 옭아매지 않게 조심해요"라고 말할 때 짓궂은 미소를 지으며 입술을 살짝 올리는 모습이 보기 좋았다. 나한테 호감을 느끼고 있다는 걸 드러내는 것 같았기 때문이다. 아몬드 같은 눈을 가진 이 아이한테 나 역시 항상 약간의 호감을 느끼고 있었다. 나는 그녀가 천년에 걸친 사람들의 발걸음으로 연마되어 반짝거리는 돌바닥을 사뿐사뿐 디디며 멀어져가는 모습을 지켜보았다. 그녀의 머리 위에 씌워진 애도의 검은 스카프, 그녀의 몸을 덮고 있는 파란색 카디건, 그리고 슬픔—어느 시인이 말했듯이—그녀의 어깨 위에 내려앉아 있는 끝없는 슬픔을.

나는 호텔에 돌아와 진한 터키식 커피를 마시면서 아이셀이 건네준 종이들을 읽었다. 후세인의 손글씨가 틀림없어 보였다. 깨끗하고 가벼운, 자연과학 전공자다운 필체였다. 내 아랍어라는 게 말만 하는 정도의 수준이었기 때문에, 제대로 읽지 못하는 단어들도 있고 해서 외미를 전부 파악하기는 어려웠다. 자연 과학자 스타일의 필체는 읽기가 조금 더 어려운 것 같았다. 그러나 다행히도 나는 마르딘에 있었다. 이 지역 사람들의 다는 아니겠지만, 대부분이 아랍어에

능통하다는 걸 나는 잘 알고 있었다. 만약 내가 이스탄불에 있었다면 회사의 번역부서나 대학의 아랍어과에 의지해야 했을 것이다.

내가 이 시들을 제대로 이해할 수 있게 도와준 사람은 결국 푸앗 아저씨였다. 아저씨는 그 문장들을 그의 섬세하게 아름다운 손글씨로 라틴어로 옮겨줬다. 푸앗 아저씨 자신이 시를 좋아했기 때문에, 바로 다음 날 번역문을 보내왔다. 이것들은, 예상했던 대로, 시들이었다.

내 어린 시절의 친구가 이런 시들을 쓰다니!

그 시들은 이슬람교가 등장하기 전과 후, 수천 년에 걸쳐 아랍과 페르시아의 시편들이 사용해 온 날카로운 말들을 담고 있었다. 열정적인 사랑, 폐허, 그리움, 사막, 소유, 오아시스, 초승달 같은 것들. 이 말들은 수천 가지의 꽃송이들과 그것들이 내뿜는 향기들 사이를 걸어가면서 느끼게 되는 어지럼증처럼, 읽는 이를 취하게 만들었다.

내가 불평한다고 생각하지 마시길, 후세인은 이렇게 썼다. *그의 연인의 발에 밟힌 포도알처럼 / 나는 장밋빛 붉은 포도주로 으깨어 졌네 / 그리고 그렇게, 나는 나의 운명을 받아들이네.*

다른 시는 이렇게 진행된다. *나는 포도가 창조되기도 전에 취했네 / 나는 당신이 태어나기도 전에 사랑으로 난파된 사람.*

시들은 잠쉬드, 골리앗, 루스탐, 아프라시압, 그리고 세미라미스 같은 인물들을 많이 언급했다. *천사의 얼굴을 한 나의 사람이여,*

만약 골리앗이 우리 사이에 끼어든다면 / 나는 돌팔매질로 그를 거꾸러뜨리는 다윗이 되리. 그는 이런 백일몽에 잠겨 있다가 또한, 내가 그대를 보았을 때, 나는 솔로몬이 시바의 여왕의 발밑에 엎드렸던 것처럼 그대의 포로가 되었네. 라고도 썼다.

이런 시가 어떻게 읽는 이의 마음을 움직이지 못할 수 있겠는가? 이 시들은 아이시스를 피해 도망쳐 온 난민 캠프의 불쌍한 소녀는커녕 시바의 여왕을 위해 쓰인 것처럼 보인다. 후세인이 명백히 느끼고 있었던 이런 종류의 열정을 나도 느껴보았으면 싶었다. 이런 종류의 욕망, 스스로를 사랑의 불로 태워버리는 일은 오직 이 동쪽 땅에서나 가능한 일이었나? 열정도 없고, 규범에 따라서 움직이고, 개인성도 사라지고, 이기성만 남은 도시의 세계에서 온 나는 후세인에게 질투를 느꼈다. 도대체 얼마나 열정적인 사랑을 느꼈기에 마치 마즈눈[29]이 자기의 죽음을 향해 사막으로 걸어 들어가듯이, 죽음이 팔을 벌리고 있는 곳으로 기꺼이 걸어간단 말인가. 멜렉나즈는 이 시들을 읽었을 때 무슨 생각을 했을까? 그녀는 절망적으로 사랑에 감전되어 있는 사내를 손안에 넣고 있었다. 당신은 루스템[30]의 힘을 가지고 있어, 후세인은 그녀에게 이렇게 썼다. 동정받아야 할 자는 나 / 당신은 강한 자, 약한 자는 나 / 왜냐면 나는 사랑의 화살에 상처 입었기 때문에.

오갈 데 없이 그 우울한 텐트에 갇혀 있던 가련한 여자가 이런 구절들을 읽고 나서도 자신의 여성적 자부심이 자극되는 걸 느끼지 않을 도리가 있었을까? 희생자는 승리자가 되었다. 후세인이 자신의 시에서 동원한 모든 인용요소들은 하나같이 자신과 멜렉나즈가 공유하는 유산들을 가리키고 있어서, 두 사람이 메소포타미아에 깊이 연결되어 있다는 사실을 확고히 밝히는 역할을 했다. 그 시들을 읽으면서, 내가 나고 자란 나의 땅에서 관광객처럼 느끼고 있던 사실에 부끄러움을 느꼈다는 사실을 고백한다. 후세인이 '모하메드[31]의 말 부라크[32]가 마셨던 그 바람'이라고 쓴 자리에, 나라면 로시난테를 집어넣었을 것이었다. 후세인이 자신의 영원한 연인에 대한 비유로 줄레이하[33]를 택한 자리에, 나라면 둘시네아를 택했을 것이다. 그가 발크, 부크하라, 사마르칸트, 그리고 쉬라즈 같은 도시들을 언급한 자리에, 나라면 이스탄불, 파리스, 로마, 그리고 런던을 언급했을 것이다. 나는 이 땅에서 벌써 여러 해를 이방인처럼 살아왔고 그렇게 되도록 배워왔다.

어린 소년이었던 시절, 마르딘의 튤립 시네마 극장에서 처음으로 서부극을 봤을 때, 나는 나 자신을 카우보이에 이입해서 보았다. 하지만 유럽으로 첫 해외여행을 떠났을 때, 진실은 그리 오래 걸리지 않아 내 머릿속에 각인되었다. 나는 카우보이가 아닌 미국 원주민이었고, 백인이 아니라 니그로였다. 얼마 전에 〈블리스〉[34]라는 책에서 비슷한 얘기를 읽었던 것 같다. 이 지역 출신이면서 교육을 받고 읽고 쓰기도 하는 우리 같은 사람들은 허공에서 떨어져 내리는 공중곡예사 같은 존재들이다. 동양이라는 그넷줄을 손에서 놨지만, 서양이라는 그넷줄을 미처 잡지 못한 채 떨어져 버린 것이다.[35]

지구의 끝에서 온 또 다른 천사

나는 마르딘에 있는 동안 전화기를 꺼놓고 있었다. 사람들을 만나러 다니는 동안, 핑 하고 메시지가 왔다는 걸 알리는 자발맞은 소리가 들리는 걸 원하지 않았다. 원래는 매일 밤, 그날 하루 동안 쌓인 것들을 확인해보겠다고 생각했었지만, 그러기에는 그곳의 신비로운 분위기가 나를 압도하고 말았다. 매일 밤 와인을 마시고 약간 취한 상태에서 호텔로 돌아오는 일이 반복되면서, 나는 이 계획을 포기해버렸다. 이스탄불의 언론계 안에서는 전화를 받지 않는다거나 지금 당장 연락이 닿지 않는다는 건 용서받지 못할 죄에 해당한다. 그럼에도 불구하고, 나는 눈에서 멀어지면 마음에서도 멀어진다는 생각을 하면서, 의도적으로 메소포타미아적 삶의 느린 속도에 젖어 들어가고 있었다. 그러나 그건, 진동 모드로 해놓은 내 전화가 어느 날 밤 내 호텔방에서 미친 듯이 벌벌거리기 전까지의 얘기였다. 그렇게 늦은 시간에, 특히 화면에 내 담당 편집장의 이름이 떠 있는데 그걸 무시하기는 어려웠다.

수화기를 들고 졸린 목소리로 여보세요 하고 받자마자 편집장은 따발총처럼 쏘아대기 시작했다. 도대체 어디 있는 거냐, 벌써 며칠 동안이나 계속 연락을 했는데 메시지를 확인하긴 하는 거냐, 국장이 너 어디 있냐고 계속 묻는데, 너 대신 변명해 주기도 지쳤다, 어쩌고 하는 내용들이었다.

점점 정신이 들게 하는 이 장광설을 듣는 동안 나는 머릿속으로 그럴듯한 대답이 될 만한 이야기를 짜내고 있었다. 나는 그가 숨을 쉬기 위해 잠시 말을 멈춘 일 초도 안 되는 틈을 타서 재빨리 사과한 뒤에, 지금 여기서 아주 흥미로운 이야기를 캐고 있는 중이라고 말했다. 시리아에서 넘어온 난민들과 아이시스의 대량 학살, 대량 강간 등이 포함된 이야기라서 엄청난 독자 반응을 불러올 이야기인데 이걸 시리즈 기획기사로 쓰고 싶다고 말했다. 그러나 물론 편집진에서 타당하다고 본다면, 이라고 덧붙이는 걸 잊지는 않았다. 그러고 나서, 회사에서 안 된다고 하면 연차를 몰아서 쓰면서 여기에 조금 더 있다 가겠노라고 덧붙였다.

연차라니, 이 사람아! 편집장이 말했다. 지금은 딱 거기에 있어야 할 시점이야. 기자란 기자들은 내일 죄다 그리로 몰려갈 거야. 사진기자 보낼 테니까 같이 일해.

놀랍고 헷갈렸다. 후세인 이야기가 어쩌다가 이렇게 많은 사람들의 시선을 끌게 된 걸까.

당신 지금 다른 별에 가 있어? 편집장이 물었다. 앤젤리나 졸리가 내일 거기 가잖아—앤젤리나 졸리가 UN 굿윌 대사 자격으로 거기 난민 캠프를 방문할 거야. 지금 전 세계 언론이 그리로 몰려들고 있는 중이라고, 무슨 소린지 알아들어?

어, 예, 물론이죠, 나는 더듬거리며 대답했다. 앤젤리나 졸리, 허! 아주 좋은 기회네요.

잘 들어. 당신 그동안 거기서 뭘 하고 있었는지 모르겠는데, 아무튼 당신 운 좋아. 취재허가증 잘 챙기고, 졸리가 난민들하고 같이 있는 사진 확실히 확보해. 하칸을 보낼 테니까 당신 둘이 잘해봐. 졸리한테서 한두 마디라도 따낼 수 있으면 더할 나위 없고. 헤드라인 감이니까 잘해봐. 아 그리고 한 가지 더—며칠 동안 술 대신 물만 마신다고 해서 죽진 않아, 안 그래? 며칠만 버텨봐.

그는 아무 말 없이 전화를 끊었다. 당연하게도, 신문사 동료들모두 나한테 엄청나게 화가 나 있었다. 연락이 닿지 않는 저널리스트란 이미 죽었거나 해고를 자청하고 있는 경우뿐이다.

엄청난 양의 부재중 전화 리스트가 스크린에 떠올라 있었다. 전처로부터 여덟 통, 신문사에서 그보다 더 많이, 그리고 그보다 더 많은 왓섭, 바이버, 문자 메시지들이 친구들로부터 와 있었고, 한두 번 만나서 논 적이 있는 젊은 여자애가 쓴 where R U 밑으로는 놀람, 웃음, 그리고 화남을 알리는 노란색 얼굴들과 지금 막 피를 펴 올리고 있는 것처럼 뛰고 있는 심장 모양의 이모지들이 줄줄이 따라붙어 있었다.

이 모든 것들이 내게는 외계로부터 오는 신호들보다 별로 나을 바 없어 보였다. 도대체 이 심볼들은 저 사천 년 된 태양의 사원과 어떤 관계가 있단 말인가? 어쩌면 이것들도 어떤 의미를 지니고 있을는지도 모르겠다. 그러나 지금의 내 머리로는 이해할 수 없다. 공작새 이모지가 있던가? 내 전화기 안에서도 비슷한 걸 찾긴 했지만 너무 작아서 공작새인지 칠면조인지 구분할 수가 없었다. 공작새와 칠면조를 헷갈려 하는 건 그들한테는 어떤 종류의 죄악일 것이었다. 무엇보다 하나는 천사고, 하나는 동물 아닌가.

나는 멜렉나즈의 손수건을 침대 옆에 두고 전화는 침묵 모드로 바꾼 채 잠의 천사의 팔 안으로 스르르 미끄러져 들어갔다. 마지막으로 들었던 생각은 메흐멧을 만나 타운의 시장으로부터 무슨 허가를 받아낼 수 있도록 도움을 받는 일에 대한 것이었던 것 같다.

이 여자는 정말이지 아름답다. 여자는 "난 달라"라고 말하고 있는 듯하다. 도자기처럼 매끄러운 피부와 커다란 눈, 도드라져 보이는 광대뼈. "난 누구하고도 달라." 여자는 무더기로 모여 있는 기자들 사이를 뚫고 난민들의 텐트를 향해 걸어가고 있다. 모든 시선이 여자에게 집중돼 있다. 여자는 검은 스카프로 머리를 덮고 있다. 얼굴 표정은 심각하다. 애도의 표정은 아니고, 그러나 심각하다.

시리아에서 넘어온 난민들이 손을 뻗어 여자를 만지려 하자 여자도 자기 손을 뻗어 그들의 손을 만진다―천사가 매만지듯이. 여자의 경호원들이 난민들 옆에 서서 그들이 여자한테 너무 가까이 다가오는 걸 막는다. 여자는 웃으면서 아이들의 머리를 쓰다듬는다.

갑자기, 우리는 얼굴을 마주 보고 선다. 앤젤리나 졸리는 그 크고 암사슴 같은 눈으로 나를 쳐다본다. 우리는 모두 그녀에게 완전히 반한다.

나는 그녀에게 손수건을―한쪽 구석에 검은색과 빨간색으로 공작새가 수 놓여 있는 손수건을 내민다. 그녀는 그걸 받아들면서 의아하다는 표정으로 나를 쳐다본다. 나는 그게 어떤 젊은 에지디 여자 건데, 그 공작새는 아마도 그 여자가 직접 수 놓았을 타부스 천사의 이미지라고 설명해 준다. 그건 에지디들의 천사예요, 사람들이 믿는 것처럼 악마가 아니라, 라고 나는 말한다. 내 말을 믿어주세요, 이 사람들은 악마의 자식이 아니라 태양의 자식들이고 세 개의 산의, 칼람[36]의 자식들이에요. 이 사람들의 성서 무샤피 레쉬는 사라졌기 때문에, 이들은 오직 말에 의지해서 그들의 신앙을 이어받아요. 이 말들은 그 사람들한테는 신성한 것이에요. 그래서 그 사람들은 스스로를 칼람, 말의 자식들이라고 부르는 겁니다. 이 사람들은 끔찍한 고난을 겪었어요. 이 부족은 거의 몰살 당했어요. 이 손수건에 자수를 놓은 여자한테는 눈먼 아기가 있어요. 우린 당신이 자비로운 사람이라는 걸 압니다. 전 세계가 알아요. 제발 그 아기를 입양해 주세요. 그 아기를 데리고 가서 수술을 받게 해 주세요. 저와 같이 사라진 그 애 엄마를 찾아 주세요. 저도 그 여자를 찾고 있어요. 그 여자의 이름은 천사한테서 따왔어요. 당신도 마찬가지죠. 신기하지 않아요? 또 다른 천사가 타부스 천사의 아이들을 구하러 온 거죠. 앤젤리나라는 이름의 작은 천사가.

그러고 나서 기이한 일이 벌어진다. 앤젤리나 졸리의 얼굴이 타부스 천사의 그것으로 변한 것이다. 나는 이미 그 아이의 어머니다, 그녀가 말한다. 내가 그 아이를 낳았다. 그 아이가 눈이 먼 채 태어난 것은 에지디들의 고난을 볼 수 없도록 하기 위해서다. 그 학살, 산꼭대기에서 목이 타 죽어가는 갓난아이들. 노예시장에서 팔려와 자궁이 갈가리 찢길 때까지 아이시스 대원들에게 능욕당하는 여자들, 그자들은 이 여자들을 열 번을 강간하면 무슬림으로 만들 수 있다고 믿고 있지. 이건 내가 신으로부터 받아 이 지상에 풀어놓은 이 인류의 야만성이다. 너는 네가 이 세상에서 일어나는 모든 일을 이해한다고 생각하는가? 너의 마음은 천사들로부터 닫혀 있다. 사라져라, 가련한 유한자여!

앤젤 졸리

다음 날 아침, 내 꿈처럼 된 건 하나도 없었다. 앤젤리나 졸리의 개인 제트기는 저녁 여덟 시에 텅텅 비어 있는 마르딘 공항에 착륙했다. 이 지역 주지사와 그가 대동한 대표단이 졸리와, 그녀와 동행한 UN 관계자들을 활주로에서 영접했다. 기자들은 경찰이 한참 멀리에 설치해놓은 통제선 바깥에 모여 있었다. 다들 사진 한 장이라도 건지기 위해 서로의 등 위에 올라탔다.

그 사람들은 졸리를 공무수행용으로 보이는 검은 차의 뒷자리에 태우고는 빠른 속도로 빠져나갔다. 그들의 행선지는, 나중에 우리가 알아낸 바로는, 마르딘 외곽의 다라 유적지[37]를 지나 있는 힐튼

가든 인이었다. 그들의 행선지가 어딘지 알아내자마자 나는 사진기자 하칸과 함께 그들 뒤를 쫓았지만, 호텔로 가는 도로들은 이미 모두 차단되어 있었다. 우리뿐만 아니라 어느 누구도 지나갈 수 없었다. 하칸이 목에 매달고 있던 바주카포만 한 크기의 렌즈도 아무 쓸모가 없었다. 좀 떨어진 곳에서 호텔을 노리려던 계획도 수포로 돌아갔다.

하칸, 뻔해, 저자들은 우리가 저 여자를 한번 슬쩍 보는 것도 못하게 하려는 거야. 나는 화가 나서 말한다. 저 여자가 대체 뭔데, 아주 희귀한 인도 비단이라도 되는 거야? 저 여자도 그냥 사람이잖아, 천사도 아니고 여신도 아니고. 대체 왜들 이 난리야? 저 여잔 아마 지금쯤 목욕탕에 들어가 있을 거야. 샤워를 하고 나와서는 가운을 걸치고 뭘 좀 먹겠지. 그리고는 낮잠을 늘어지게 잘 것이고. 우린 그동안 내내 여기 바깥에서 사진 한 장 건지겠다고 서로를 밟고 올라가고 있겠지.

어찌 됐든 회사에는 최소한 한 장이라도 갖다 줘야 할 텐데, 어떡하지? 하칸이 묻는다.

다른 신문사들은 다 건졌는데 우리만 없으면 모양이 안 좋겠지. 나는 대답한다. 주변에 좀 물어보지그래, 누구 건진 사람 있나. 없으면 온라인을 뒤져서 하나 찾아내 편집해서 보내지 뭐. 저 여자는 아프가니스탄이 됐든 파키스탄이 됐든 항상 캠프에 왔다 갔다 하잖아.

사람들의 무리와 서로를 올라타려는 상황—이 모든 것이 다 너무나 피곤했고 나를 화나게 했다. 내 화는 바깥의 이런 사정에 대해서는 알 도리가 전혀 없을 여자를 향하고 있었다. 내 꿈으로부터 나를 끄집어내서 이 동시대의, 기자질 속으로 내동댕이친 게 바로 그 여자였기 때문이다. 나는 온갖 이야기들과 천사들로 구성된 이곳의 꿈결 같은 분위기를 떠나고 싶지 않았다. 내가 필요로 하는 건 지금의 이 '앤젤'이 아니라, 오래전에 사라져버린 다른 천사였다. 졸리에 대해서는 어떤 다른 차원에서는 정말 화가 나 있었는지도 모르겠다. 졸리가 할리우드의 그 윤기 나는 삶으로부터 내려와 캠프에 한 시간 남짓 들렀다 가는 게, 난민들의 고통을 가중시키는 것 말고 다른 어떤 긍정적인 역할을 할 수 있겠는가? 만약 내가 그 여자와 대화를 나눌 기회가 있었다면 나는 아마도, 지금 이 사람들이 여기에 이러고 있는 건 모두 당신들의 정치—물론 당신 자신은 아니겠지만, 당신네 정부의 정치적 입장 때문이라고 말했을지도 모르겠다. 도대체 무슨 권리로 당신들은 당신들의 전투기와 병사들과 항공모함을 끌고 바다를 건너와 그들의 나라를 아수라장으로 만들었는가? 이미 피 흘리고 있는 중동의 남은 피를 다 짜내기 위해서, 대량살상 무기가 있다는 혐의로 사람들을 속이기 위해서, 수백만에 이르는 사람들의 집을 허물기 위해서, 이 공포산업을 우리의 땅으로 가지고 들어오기 위해서? 이런 일을 하라고 UN이 만들어진 건가?

물론 그 불쌍한 여자는 이런 일들에 대해 아무런 책임이 없다. 그러나 그 여자가 깨닫지 못하고 있는 것은, 그 여자 본인이 이런 정치적 결정을 내린 게 아니라 하더라도, 그 결정의 결과로 빚어진 파국의 양상을 부드럽게 무마하기 위해 그녀가 여기에 오는 건 이곳 사람들에게 더 큰 고통을 초래할 뿐이라는 사실이다. 그 여자의 존재는 지금과 다른 삶이 가능했다는 사실을 상징했다. 그 여자가 이들 가운데로 오는 것은, 이들에게 자신들의 희망 없음과 상처를 다시 한 번 되돌아보게 하는 일일뿐이었다. 그 여자가 자신의 개인 제트기를 타고 원래의 편안한 생활을 향해 떠날 때, 이곳의 난민들은 밤새 피워둔 난로에서 나온 유독가스에 질식해서 숨진 아이들을 땅에 묻어야 할 것이기 때문이다.

두 해 전에, 나는 경찰에게 고문을 당한 젊은이를 인터뷰한 적이 있다. 그들은 그 어린 청년을 지하실에 가두고 회복 불가능한 불구가 될 때까지 고문했다. 그런데 그 아이의 생각은 그 지하실 천장에 매달려 있는 새장 속의 카나리아에게 붙잡혀 있었다. 그 카나리아가 미웠어요, 그 아이는 내게 말했다. 고통스러웠어요. 그 새는 저한테 바깥세상의 일들, 봄날, 산책하는 연인들, 자유 같은 것들을 생각나게 했거든요. 아름다움의 상징이라는 그 새가 싫었어요. 그 방에는 아름다움과 관계있는 건 아무것도 없었거든요. 이제 와서 생각해보면, 졸리 역시 그 카나리아 같은 존재였다. 타부스 천사가 아니라.

우린 호텔로 돌아가 졸리가 어떻게 영접을 받았는지 따위의 기사를 쓰면서 그날의 기삿거리들을 짚어 나갔다. 하칸은 사진기자들 간의 눈물겨운 연대의식에 기대어 그중 누군가가 찍은 이 유명인사의 스냅사진 한 장을 구해왔다. 우리는 그걸로 그날의 노동을 살릴 수 있었다. 간신히.

그날 밤, 다시 한 번 메흐멧의 깊은 호의가 드러나 보였던 저녁 식사 시간에(이날은 그의 아내가 내가 어린 시절에 좋아했던 또 다른 음식인 말린 자두를 넣은 양고기 스튜를 만들어주었다), 나는 메흐멧에게 그 지역 주지사와 만날 기회를 만들어달라고 부탁했다. 그 친구에게 축복이 있기를. 메흐멧은 기꺼이 그렇게 해주겠노라고 했고, 그 시간에는 주지사에게 연락을 할 수가 없었기 때문에 그의 비서에게 전화해서 졸리가 다음 날 아침에 어느 캠프를 방문할 예정인지 알아내 주었다. 우리는, 물론, 거기에 먼저 가 있을 것이었다.

이혼의 기쁨

다음 날 아침에 나는 전처의 전화를 받고 잠에서 깨어났다. 그녀가 "지난 며칠 동안 대체 어디 있었던 거야?"라고 추궁하는 새된 소리는 다른 어떤 알람시계보다 나를 빨리 잠에서 깨어나게 했다. 아침부터 긁어대는 전처의 목소리보다 더 고약한 게 또 뭐가 있을까. 하지만 내 전처가 아름다운 여자라는 사실을 부인하진 않겠다. 이십일 세기의 도시들에서 많이 볼 수 있는 팔다리가 길고, 머리카락에는 윤기가 흐르고, 멋을 부릴 줄 아는 여자다. 그리고 모든 아름다운 여자들이 그렇듯이, 무시무시한 사람이다. 그녀는 주위에 불안감을 조성할 줄 안다. 어렸을 때부터 예쁘다는 말을 듣고 자란 여자아이들이 다 그렇듯이, 내 전처 역시 학창시절부터 어리바리한 사내 녀석들을 손짓 하나로 모았다 흩었다 하는 걸 배웠기 때문이다. 그 여자는 살아오는 동안 마치 장군처럼 자신의 개인적인 무기들—아름다움과 성적 매력—을 조직하고 주의 깊게 관리해 왔다. 그녀는 남자들이 주변에 있을 때 그들보다 자신이 더 뛰어나다는 분위기를 만들어내는데, 이건 우리 어머니들 세대에서는 볼 수 없던 어떤 것이다. 그녀는 누구에게도 반하지 않는다. 다른 사람들이 자기에게 반하는 걸 기대할 뿐이다. 그녀는 누구에게도 봉사하지 않는다. 봉사 받길 기대할 뿐이다. 남자라면 그녀를 위해 문을 열어줘야 하고, 칭찬해야 하고, 비싼 선물을 사줘야 하고, 그녀에 대한 찬사를 늘어놔야 한다. 친구들과의 모임에서는 남편과 같이 알고 있는 이야기라도 자기가 말을 해야 하고 남편이 먼저 말하는 건 좋아하지 않는다. 간단히 말해, 그녀는 목덜미의 털을 곤두세운 채, 자신과 같은 성을 가진 이들이 이 이슬람 국가에서 지난 수 세기 동안 견뎌왔던 그 모든 것에 대해 자신의 한 생애 안에 복수를 끝낼 준비가 되어 있는 것이다.

내가 이렇게 쉽게 전형화시킬 수 있는 이유는, 이런 종류의 여자들과 함께 해보려는 나의 모든 시도가 예외 없이 실패로 돌아갔기 때문이다. 이들은 고층빌딩과 무슨 무슨 플라자와 현대식 사무실과 외국산 브랜드들을 갖춘 쇼핑센터와 외국어 이름을 붙인 식당들의 세계에 속한, 하이힐을 신은 여자들이다. 그들은 술을 잘 마실 줄 알고, 말할 때 문장의 절반은 미국식 억양의 영어를 넣어서 하고, 좋은 교육을 받았고, 좋은 냄새를 풍긴다. 그들은 자신들이 언제, 누구와 처음 잤는지에 대해 신경도 쓰지 않는다. (한 번은 이런 식의 표본을 깨뜨리기 위해, "아마 당신도 첫 경험은 잊지 못할 거야"라고 말한 적이 있다. 전처는 소리 내 웃더니 이렇게 말했다. "당신 지금 몇 세기에 살고 있는 거야?" 나는 '여자는 첫사랑을 기억하고, 남자는 마지막 사랑을 기억한다'는 중국 격언으로 위로를 얻으려 한 건데, 이런 보편적인 믿음과는 달리, 요즘에는 부드럽고 폭신폭신한 낭만주의에 매달리는 건 남자들이다.)

전처 아슬리의 말은 계속 이어졌다. "…내 전화를 받지도 않고, 회신도 하지 않고. 당신의 그 전형적인 무책임성. 나는 뭐 당신 쫓아다니는 거보다 더 중요한 일이 없어서 그러는 줄 알아? 최소한 문명화된 척이라도 좀 해봐, 안 되겠어?"

나는 입을 닫고 듣기만 하면서 그녀가 김을 빼게 놔두었다. 그녀가 저렇게 불을 뿜고 있을 때 한마디라도 했다가는 그 위에 기름을 붓는 것과 다를 바 없다는 걸 나는 과거의 경험으로 알고 있었다.

그녀가 그렇게 쏘아붙이고 있는 동안, 즐거운 기억 하나가 떠올랐다. 우리 두 사람 사이에서 가장 정열적인 섹스는 이혼을 한 직후에 있었다. 결혼하고 나서 채 일 년도 되기 전이었지만, 우린 둘 다 서로에게서 벗어나기를 원했다. 결혼생활은 우리 두 사람 모두를 질식시키고 있었다. 우리 변호사들은 둘 다 법정에서 '해소할 수 없는 차이'를 사유로 들었고, 그건 이미 우호적인 분위기에서 결정이 나 있는 사항이었다. 오월 어느 날의 정오였는데, 판사는 할아버지 같은 말 몇 마디로 우리 마음을 바꿔보려고 시도했지만 금세 포기하고 이혼을 선언했다. 우리는 남편과 아내로 들어섰던 법정에서 두 사람의 독신이 되어 나왔다. 햇볕이 내리쬐는 봄날이었고, 발걸음은 홀가분하기 그지없었다. 아슬리 역시 같은 기분인 거 같았다. 나는 헤어지는 기념으로 식사나 같이하자고 했다. 우리는 자그마한 이탈리안 식당에서 술을 곁들인 지중해식 점심 식사를 나눴다. 우린 많이 웃었다. 감히 말하건대, 우린 우릴 지상에 붙들어 매놓고 있는 모래 주머니의 끈을 잘라버린 두 개의 풍선 같았다.

그다음에 일어난 일이 어떻게 해서 일어나게 됐는지는 잘 모르겠다. 아슬리를 집―내가 가구를 사서 채워 넣었고, 위자료로 그녀에게 넘겼고, 앞으로 두 번 다시 볼 일이 없을―에 데려다줬고, 우리 둘 다 침대 위로 몸을 내던졌다. 우린 서로의 몸에서 끌어낼 수 있는 정열의 마지막 한 방울까지 짜냈다. 우린 어지러울 정도의 높이까지 올라갔다가 바닷속 심연의 깊이까지 떨어져 내렸다.

"…그리고 심지어 변호사가 건 전화도 안 받고!" 아슬리는 계속했다. 그녀는, 이스탄불식 표현으로 "당신 정말 물건이야!"라고 덧붙였다.

이런 식의 은어적인 표현은 내 안에서 불안정함과 무지에 대한 감각을 일깨운다. 나로선 이처럼 아름다운 여인이 왜 이런 식으로 자기 자신을 손상시키는지 이해할 수가 없는데, 어찌 됐든 내 안에는 경멸만 가득 차 있다는 걸 깨닫게 된다. 지금쯤 말을 해야겠다고 결심하지만, 내가 "이봐, 자기야"라고 말을 꺼내자마자 그녀는 더욱 공격적인 어조로 받는다. "난 당신의 자기가 아냐―가능한 한 빨리 그 사실을 머릿속에 집어넣는 게 좋을 거야! 내가 당신한테서 원하는 건 집 등기를 넘긴다는 서명 하나야. 그게 왜 그렇게 어려워! 도대체 문제가 뭐야?"

사랑을 나눌 때는 각자의 호흡을 하나로 섞으면서 그토록 가까워질 수 있던 두 사람이 나중에는 완전한 타인이 되고, 서로에게―이처럼―상처를 줄 수도 있게 된다는 사실에 대해서 나는 항상 경이를 느껴왔다. 처음에는 그토록 열정을 가지고 있다가, 다음에는 그토록 혐오하게 된다니. 얼마나 이상한 일인가.

알았어, 나는 말했다, 미안해, 마르딘으로 출장을 왔어. 중요한 일이야. 이것 끝나자마자, 돌아가자마자, 서명할게.

그녀는 잠시 동안 침묵을 지키다가 물었다. 약속해? 걱정스러운 목소리였다. 맹세해?

맹세해, 당신 인생에 대고, 나는 대답했다. (나는 약간 화가 났던 것 같다, 아마도.)

징난치지 마, 그녀가 말했다.

안 해, 나는 대답했다. 우리가 나눈 마지막 섹스에 대고 맹세히지. 돌아가는 즉시 제일 먼저 그거 서명부터 할게.

그거? 난 벌써 잊어버렸어. 잘 알아둬. 그건 이제 당신 꿈속에서나 있을 일이야.

나는 감히 물었다. 왜 그렇게 서둘러? 새 사람이라도 만나나? 그리고 그 대답으로 속사포처럼 쏟아지는 말을 뒤집어써야 했다. 당신이 뭔데, 무슨 권리로 내 인생에 관여하려 드는 건데, 내가 누굴 만나든 말든 당신이 무슨 상관인데, 하는 따위의 말들.

나는 침착하게 통화를 끝냈다. 나는 그녀에게 화가 나 있지 않지만, 그녀는 명백히 화가 나 있었다. 흥미롭게도, 나 역시 이스탄불에 있을 때는 그녀에게 화가 나 있었다. 하지만 지금은, 마르딘에 있는 '지금의 나'는 잔잔하고 고요하다. 천천히 흐르는 강처럼. 이 '지금의 나'는 후세인, 멜렉나즈, 그리고 삼백만 명 난민의 운명에만 관심이 있을 뿐이다.

이스탄불에서의 삶은 너무나 멀리 있어서 마치 망원경을 거꾸로 들여다보고 있는 것 같은 느낌이었다. 마르딘에서는 시간이 반대 방향으로 흘렀고, 모든 공간이 내 세포들 속으로 스며들었다. 나는 멜렉나즈가 뭘 하며 살고 있는지 궁금했다. 무어라 규정하기 어려운 이 여자, 악마이자 동시에 천사인 존재를 꼭 찾아내어 그 많은 사람들이 묘사하는 게 불가능하다고 묘사한 그 두 눈을 들여다보고 싶었다. 도대체 이 여자는 얼마나 기이하게 생겼길래, 혹은 얼마나 기이한 성격을 가졌길래, 그녀를 보는 사람 모두 말문이 막히게 만드는가.

메흐멧의 말에 따르자면, 후세인은 멜렉나즈를 데리고 집으로 가면서 그녀에게 절대로 자신이 에지디라는 사실을 밝히지 말아 달라고 사정했다. 후세인은 자기 가족이 에지디에 대해서 잘못 알고 있으며, 만약에 그녀가 에지디라는 걸 알게 되면 문제가 심각해질 거라고 말했다. 제발 자기를 위해서라도 무슬림이라고 말해달라고 애원했다. 여기까지 들었을 때, 나는 그 두 사람이 어떤 언어로 소통했는가 하고 메흐멧에게 물었다. 그 여자는 터키어를 약간 알긴 했지만, 나면서부터 쓰던 말은 아랍어와 쿠르드어였다. 후세인이 아랍어를 알았기 때문에 두 사람은 아무 문제 없이 대화를 나눌 수 있었다. 마르딘 사람들은 집안에서는 대개 아랍어를 쓴다. 나는 그 말의 대부분을 잊어버렸지만, 대부분의 마르딘 사람들은 아랍어를 유창하게 한다. 그녀는 후세인의 부탁에 꿈쩍도 하지 않았다. 멜렉나즈는 이미 절대로 자신의 종교를 배신하지 않겠다고 맹세한 뒤였고, 게다가, 거짓말은 에지디 신앙에서는 커다란 죄였다. 멜렉나즈는 후세인이 그 자리에서 자기를 칼로 베더라도 자기가 거짓말을 하는 일은 없을 거라고 말했다. 그래서 두 사람은 다른 방법을 생각해 냈다.

집에 도착한 후 멜렉나즈는 자신의 신앙에 관한 한 입을 다물기로 했다. 시리아에서 넘어온 멜렉나즈라는 이름을 가진 여자에게 당신 무슬림이냐고 물을 사람은 어차피 없을 터였다. 이렇게 해서, 멜렉나즈는 침묵을 지키고 후세인의 가족은 그녀의 신앙에 대해 모른 채 지나갈 수 있었다. 상추에 관련된 그 사건이 있기 전까지는 말이다. 망할 놈의 상추. 후세인은 메흐멧에게 되풀이해서 말했다고 했다. 망할 놈의 야채 하나가 그의 인생을 뒤집어놓을 줄 그가 어찌 알았겠는가.

여자는, 약속한 대로, 아무 말도 하지 않았다. 그날의 상추 사건이 있기 전까지는 돌멩이도 그녀보다는 말이 많았을 것이다. 심지어 후세인의 어머니와 아이셀조차 슬그머니 이 이상하고 말이 없는 여자의 존재에 익숙해져 가고 있었다. 여자는 한마디의 말도 하지 않았지만 이따금 아이를 재울 때 외국어로 된 자장가를 불러주곤 했다. 해가 될 건 없는 일이었다. 여자는 잘 먹지도 않았다. 후세인은 자기가 쓰던 옛날 침실을 그대로 썼고, 여자와 아기는 안쪽 마당을 내려다보고 있는 이층 방 중 하나를 썼으니 죄를 저지를 여지도 없었다. 후세인의 어머니로서는 후세인이 무언가 불명예스러운 짓을 저질렀다고 믿느니, 해가 서쪽에서 뜨고 유프라테스가 거꾸로 흐른다는 걸 믿는 게 더 빨랐을 것이다.

말의 아이들

그다음 날, 앤젤리나 졸리는 그 전날과 정확히 똑같은 방식으로 난민 캠프를 방문했다가 떠났다. 우리 기자들로서는 완전히 실망스러울 수밖에 없었다. 우리는 보안영역을 넘어갈 수 없어서 먼 거리에서 지켜보는 것에 그쳤지만, 하칸은 그 바주카포 같은 렌즈의 힘을 빌려 괜찮은 걸 몇 장 건질 수 있었다. 아주 없는 것보다는 낫지, 우리는 그렇게 생각했다. 내 마음은 어차피 졸리보다는 난민들 쪽에 가 있었다.

사실상 졸리에 대한 내 관심은 거의 전적으로 그녀의 이름에도 '천사'라는 뜻이 들어가 있다는 신기한 우연 때문이었다. 나는 스스로를 합리적인 인간이라고 생각하지만, 이따금 이런 종류의 운명적인 우연들이 던져주는 전율, 형이상학적 신비 따위에 이끌리기도 한다. 내 생각엔 누구나 다 마찬가지다. 나는 대부분의 사람들이 이런 우연한 순간들을 즐긴다고 고백하리라고 생각한다. 우리는 이런 순간들을 통해 우리의 존재가 일련의 맥락도 의미도 없는 사건들의 연속에 불과한 것이 아니라, 우리가 아직 완전히 알지는 못하지만, 우리 안에서 어떤 깊은 의미가 작동하고 있는 것처럼 느끼게 되는 것이다. 요즘 내 삶에 들어와 나란히 서 있는 것처럼 보이는 천사들은, 그런 의미에서, 내게 일종의 즐거운 게임 같은 게 되어갔다. 그러나 내 마음은 내 어린 시절의 후세인으로부터는 점점 멀어지면서 멜렉나즈를 향해 점점 더 다가가고 있었다. 앤젤리나 졸리에 대해서라면, 나는 그녀가 끊임없이 신화를 만들어내는 본성을 가지고 있는 인류(이 기술주의적 사회에서 다른 어느 때보다 더 신화에 목말라 있는)가 만들어낸 새로운 종류의 여신이라고 봤다. 우리는 그녀가 올림푸스 산정에서 벌이는 모험을 지켜보는 걸 즐기고 있는 셈이다. 간단히 말해, 나는 그녀를 보지는 못했지만 그녀가 상징하고 있는 바는 봤다.

지금 시대의 사람들은 그들의 길가메쉬와 엔키두, 그들의 헤라와 아프로디테가 있던 자리에 힙합과 축구, 음악과 영화를 가지고 있다. 우리는 유명인들이 누구를 사귀는 이야기, 그들의 결혼, 이혼, 다툼, 질투, 살인, 그리고 그들이 행하는 모험들을 열심히 따라간다.

예전에 신들에 대해 그랬던 것처럼 말이다. 앤셀리나 졸리는 에페수스에 있는 아르테미스 여신상과 비슷한 존재다. 아르테미스는 수백 개의 젖가슴을 가지고 있었던 반면에 졸리는—적절한 판단에 따라—자신의 두 개를 제거했지만, 그녀는 여전히 여신이다. 우리가 그녀의 옆에 가는 일이 불가능하다는 것만으로도 자명하게 드러나지 않았는가? 인간은 신들과 여신들이 내놓는 상징들을 우러러볼 수 있을 뿐, 그들의 실제 모습 자체는 볼 수 없다.

주지사가 특별히 배려해준 덕에, 우리는 그 여배우와 그녀의 수행단이 떠나고 난 뒤 난민 캠프에 남아 그들과 이야기를 나눠도 좋다는 허락을 받았다. 수백 개의 텐트가 줄을 지어 있었고, 더러운 얼굴을 한 아이들이 진흙에 절은 모습으로 그것들 앞에 서 있었다. 그 아이들은, 그동안 벌어진 일들이 자기들에게 일어난 일은 아니라는 듯이, 여느 아이들과 마찬가지로 웃으면서 놀고 있었다. 텐트 안에 들어서자 시간이 거꾸로 흐르는 것 같았다. 나는 평생 그토록 큰 슬픔을 담은 채 나를 쳐다보는 눈들을 본 적이 없다. 그 눈들. 그 눈들은 여러 세대에 걸쳐 모든 인간들이 겪어야 했던 고통과 폭력을 고스란히 담고 있는 것처럼 보였다.

노인들은 대개 침묵을 지키고 있었다. 남자들은 동쪽 지역의 관습대로 한쪽 다리를 다른 다리 밑에 접어 넣은 채로 미동도 없이 앉아 있었다. 한 번도 깎아본 적이 없는 것처럼 보이는 하얀 수염까지 포함해서, 그들의 얼굴은 랄레쉬[38] 계곡의 지형 그 자체를 닮아 있었다. 짧은 머리를 한 젊은 여자는 한쪽 구석에 앉아 알아들을 수 없는 말을 중얼거리면서 앞뒤로 몸을 흔들고 있었다. 그녀의 눈 또한 아무런 표현을 담고 있지 않았다. (이 여자는 아이시스의 침공 때 소총의 개머리판과 돌로 머리를 맞아 영구적인 뇌손상을 입었다고 나중에 들었다.) 젊은 여자들은 텐트 밖에 모여앉아 플라스틱 대야에서 옷을 빨고 있었다. 노란색, 녹색, 주황색, 그리고 분홍색 대야가 다 있지만 파란색은 없었다. 진한 푸른색은 에지디들에게 성스러운 색깔이기 때문이고 그렇기 때문에 그걸 매일 사용하는 건 죄악이다.

이 종교에는 도대체 죄로 치부되는 게 왜 이리도 많은가, 나는 속으로 생각했다. 처음에는 그게 무척 이상했지만, 그러나 우리의 신앙에도 얼마나 많은 미신들이 들어있는가. 밤에는 손톱을 자르면 안 된다는 것, 거울의 아래위를 뒤집어서 달면 안 된다든가 거울을 천으로 덮어 놓으면 안 된다는 것, 더러운 물을 건널 때에는 데스투르[39]라고 중얼거리는 것, 토요일에는 빨래를 하면 안 된다는 것 따위의 의미 없는 믿음들. 그리고 누군가가 여행을 떠난 뒤에 비로 집 안을 쓰는 것, 집 밖으로 나갈 때는 왼발을 먼저 내딛지 않는 것, 왼손으로 먹지 않는 것, 카르발라의 학살[40] 때 예언자의 손자인 후세인의 머리가 잘려서 발에 차였었기 때문에 어떤 특정한 장소들에서는 축구를 하면 안 된다는 것, 악마의 눈을 피하기 위해 자그마한

판본의 쿠란을 여기저기 걸어놓는 것, 점을 치기 위해 납물을 붓는 것[41], 불에 소금을 던지는 것, 그리고 심지어는—내 할머니가 하셨듯이—먼저 코를 긁고 그다음에 등을 긁으면서 "그자들의 악마 같은 눈이 뒤로 돌아가서 엉덩이에 가 붙기를"이라고 저주하는 것 등등… 생각해보면, 나는 에지디들에 대해서 불공평했다. 하지만 상추가 죄가 된다는 건 아직도 매우 이상하다.

이 캠프촌에서 가장 현명한 이가 누군가하고 묻자 셰이크[42] 세이다라는 사람이라는 대답이 돌아왔다. 사람들이 나를 그의 텐트로 안내해 주었다. 나는 내가 태어나서 자란 동쪽 땅의 예법대로 노인의 노쇠하고 가죽 같은 손에 입을 맞춘 후 그 손을 내 이마에 대었다. 내가 행한 이 존경의 표시는 그 노인을 기쁘게 했지만, 이스탄불에서 온 상당히 유명한 저널리스트가 일부러 겸손을 떠는 걸로 모두가 받아들이는 것 같아 좀 민망했다. 나를 그에게 데려간 사람들은 셰이크 세이다가 칼람의 자녀들 중 가장 현명한 사람이라고, 그가 모르는 건 없다고 내게 말했다. 그러나 에지디 말로 악마를 뜻하는 말을 사용하는 실수를 범하면 안 된다고 경고했다. 그 말을 듣는 순간 그들은 말을 멈출 겁니다. 그 사람들은 그 말이 타부스 천사에 대한 가장 큰 불경이라고 생각합니다.

나는 내가 가장 궁금해하던 것 중 하나를 묻는 걸로 세이다 노인과의 대화를 시작했다. 왜 공작새입니까? 이 대천사는 왜 하필이면

이 피조물의 형성을 취하게 된 겁니까? 공작새는 중동에서 항상 성스러운 존재였나요? 세이다 노인이 조용하고 절제된 어조로 대답하는 걸 듣는 순간, 나는 질문을 던질 때 좀 더 조심해야 할 필요가 있다는 사실을 깨달았다. 왜냐하면 나의 무지가 뻔뻔스러울 정도로 명백하게 드러나 보였기 때문이다.

그 질문에 대한 대답은 간단치 않습니다, 라는 말로 세이다 노인은 운을 떼었다. 에지디는 동방에서 가장 오래된 종교지만 이 근처나 랄레쉬, 그리고 중동 어디에도 공작새는 살지 않습니다. 공작새는 인도에 있죠. 그래서 에지디 신앙은 인도에서 시작된 걸로 여겨지고 있습니다.

이 말을 듣는 동안, 이 임시로 가설된 천막 안에서 흙바닥에 방수포를 깔고 앉아 있는 이 늙고 가련한 사내가 진정으로 지혜로운 사람이라는 깨달음이 오면서 정신이 번쩍 들었다. 동쪽의 지혜는 서쪽의 그것과 같지 않다. 그들은 책을 통해서 말하지 않는다. 시와 이야기, 사건과 기억을 통해서 이야기한다. 세이다 노인이 말하는 방식이 바로 그랬다. 노인은 짜라투스트라, 아베스타[43], 느부갓네살[44], 그리고 하룬 알―라시드[45] 등에 대해 마치 자신이 그들과 같은 시대에 산 것처럼 말했다. 노인은 노아가 살아남은 대홍수가 길가메시보다 천 년 앞선 시절에 있었던 일이라고 말했다. 그는 땅바닥에 원을 그리면서 여기 이것 보시오, 이게 노아의 방주 모습이오, 동그랗게 생겼지, 하고 설명했다. 그는 아버지 없이 태어난 어린아이에 대한 수메르의 신화에서 시작해서 조로아스터 교도들, 그리고는 아나톨리아[46] 음유시인들의 노래, *이 비밀은 아무도 모르지 / 오직 마리아만이 비밀을 안다네* 하는 데까지 이어갔다. 그 노인에게 모든 것은 이전에 있었던 것들과 앞으로 올 것들에 연결되어 있다. 모든 이야기들은 다음 시대에 다시 그대로 반복된다.

나는 이 세계 사방의 수많은 종교들 중에서, 왜 중동에서 태어난 것들만이 멀리, 그리고 넓게 퍼졌는지를 물었다. 우리가 가장 많은 죄를 지은 건가요? 우리가 가장 회개를 필요로 하는 사람인가요?

나는 그의 허연 구레나룻 밑으로 경련처럼 미소가 살짝 스치고 지나가는 것을 놓치지 않았다. 그에 대한 대답은 칼람—말—이요, 그가 말했다. 이 세상의 어떤 것도 말 만큼 사람에게 많은 영향을 끼치는 것은 없소. 그리고 중동은 말이 그것의 정점에 도달하는 곳이요. 다른 어느 곳의 시, 이야기, 그리고 신화들도 이처럼 강력하고, 이처럼 사람의 마음을 꿰뚫는 능력을 가지고 있지 않소. 이것이 바로 이 지역에서는 시인이 마술사와도 같은 존재인 이유요. 그들은 말로 사람을 황홀하게 하는 능력을 가지고 있소.

그러더니 그는 고대의 칼데아어[47], 아수르어[48], 아시리아어, 에지디, 아베스타, 쿠르드어, 아랍어, 페르시아어, 그리고 어디 말인지 내가 알 수조차 없는 말들로 이행시를 읊어줬다. 나는 내 안에서 이 노인에 대한 경외감이 점점 자라나고 있는 걸 느꼈다. 이 노인은 이미 잊힌 다수의 언어를 머릿속에 가지고 있었다. 나는 용기를 내서 타부스 천사가 다른 모든 천사들과 다른 이유가 뭔가를 물었다.

왜냐면, 그는 대답했다, "타부스는 그 안에 선과 악을 모두 포함하고 있기 때문이요. 인간처럼. 선과 악은 모든 인간들 안에서 나란히 자리 잡고 있소. 그중에서 당신이 공들여 키우는 게 승리자가 돼서 나오게 되는 거요. 모든 종교의 신들이 다 그렇지 않은가요? 타부스는 상을 주고 벌을 줍니다. 모든 위대한 종교의 신들처럼 말이요. 말해보시오, 젊은이, "믿지 않는 자들의 목구멍에 뜨거운 납물을 부을 것이다"라고 말하는 신이 유일한 신이 될 수 있겠소? 자신을 믿는 신자들에게 공포를 심어주는 신을 '선'이라고 부를 수 있겠소? 이야기를 하나 해주죠. 당신들이 믿는 이슬람 신앙에 속한 여자 성인 한 분이 한 손에는 물, 다른 한 손에는 불이 든 들통을 들고 여행에 나섰소. 사람들이 어딜 가시냐고 묻자, 그 성인은 이 물로는 지옥 불을 끄고, 이 불로는 천국에 불을 붙이러 가는 길이라고 말했소. 지옥에 대한 공포와 천국에 대한 소망을 심어줘 가면서 사람들의 마음을 다스리려 드는 위선이 그 성자께서는 마음에 들지 않았던 거요. 우리 에지디들은 선과 악을 넘어선 어떤 것이 있다고 믿소."

이 현자의 말을 듣고 있는 동안, 내 머릿속에—이 신비로운 동쪽 땅에 걸맞는—루미[49]의 시 구절이 떠올랐다.

거기에 들판이 있다
모든 선과 악에 대한 생각들 너머에
거기서 그대를 만나리.

에지디는 이런 수피적 관점을 공유했다. 나는 세이다 노인에게 그들의 성스러운 책에 대해 물었다. 당신네도 다른 종교의 토라, 바이블, 혹은 꾸란에 해당하는 것을 가지고 있나요? 무샤피 레쉬가 있죠, 그가 말했다. 검은 책이라는 뜻입니다. 또 무샤피 잘와가 있죠. 그러나 이 책들은 전통과 관습에 대한 것입니다. 성스러운 책 자체는 아니죠. 우리의 성스러운 책은 사라졌습니다. 우리는 그 내용을 암기하고, 아버지로부터 아들에게, 어머니로부터 딸에게로 전해줍니다. 사람들이 우리를 칼람, 말의 자식들이라고 부르는 이유가 그래서요. 그가 미소를 지었다.

이보시오, 저널리스트 양반, 언제고 이 모든 얘기를 써주시오. 그리고 노인은 말을 이었다. 이 모든 이야기를 써서 모든 사람들이 우리에 대해 진실을 알 수 있도록 해 주시오. 우리는 예언자 모하메드의 손자 후세인 빈 알리를 죽인 칼리프 예지드와 아무런 관련이 없소. 우리의 신은 에즈드요.

나는 그렇게 하겠노라고 약속했지만, 다른 한편으로는 회의가 있었다. 과연 앙카라의 정치가들과 보드룸에서 반쯤 헐벗고 휴가를 보내는 사교계의 사람들에게만 매달려 있는 편집국에서 과연 고대로부터 내려온 이런 영적인 세계에 충분한 관심을 보일지 알 수 없었던 것이다. 물론 이 이야기를 그에게 하지는 않았다. 잘 안되면 온라인상으로라도 내보내야지, 나는 그렇게 생각했다. 그쪽이 훨씬 자유롭고, 광범위한 이야기를 다룰 수 있다.

어쩌면 내가 좀 무례해 보일 수도 있었겠다. 왜냐면 그 이야기 후에 나는 그에게 부탁을 하나 했는데, 그게 내가 그의 부탁을 들어주는 것에 대한 대가를 요구하는 것처럼 들렸을 수도 있기 때문이다. 나는 그에게 내가 지금 눈이 먼 아기를 안고 국경을 넘어온 시리아 출신의 멜렉나즈라는 여자를 찾고 있노라고 말했다. 랄레쉬 계곡에서 온 여자. 그 노인이 멜렉나즈와 같은 경로를 거쳐 온 수천 명의 사람들 중에서 그녀를 알고 있으리라고 생각하진 않았지만, 어떤 식으로든 나를 도와줄 수 있지 않을까 하는 막연한 기대는 하고 있었다. 세이다 노인은 잠시 생각에 잠겼다가 그 텐트 안에 있던 젊은 에지디에게 쿠르드어로 몇 마디를 건넸다. 그 젊은 사내는 존중의 뜻으로 고개를 살짝 기울이더니 오른손을 심장이 있는 쪽 가슴 위에 얹고 *세르 세레 민 셰이*라고 말했다. 현자는 고개를 돌려 나를 마주 보더니 그 젊은이가 자기의 아들 셈스라고 알려주고는, 자기 아들이 내가 그 여자를 찾을 수 있도록 도와줄 거라고 말했다.

선과 악 너머에

　말했듯이 나는 이 신비한 믿음과 영성의 세계에 완전히 빠져들었다. 그에 더해, 우연이라고 보기 어려울 정도로 놀라운 우연이 계속 이어져서 머리가 어지러울 지경이었다. 현자와 이야기하고 난 다음 날, 나는 우리 신문을 읽고 있었다. 하칸이 찍은 사진들과 더불어 앤젤리나 졸리에 대해 내가 쓴 기사들—기자들 용어로 하자면 약간 '선정적으로' 쓴—을 대충 훑어보고 있는데, 무언가가 눈에 띄었다. 졸리의 사진 옆에 별도로 그녀의 남편 브래드 피트의 사진이 실려 있었는데, 그 사진 밑에 "브래드 피트가 루미의 시를 팔뚝에 문신으로 새겼다"는 해설이 붙어 있었다. 그건 예전 사진이었지만 졸리의 방문에 맞춰 그림을 채워 넣느라 재활용한 것이었다. 브래드 피트가 13세기에 페르시아 시인이 터키어로 쓴 시를 팔뚝에 새겨 넣다니, 왜 그런 짓을 했을까? 그러나 어쨌거나 그는 그렇게 했다. 사진은 뉴올리언즈에서 촬영된 것이었는데, 브래드 피트는 하얀 조끼를 입고 팔을 들어 올린 채 호텔 발코니에 서 있었다. 그의 이두박근 안쪽으로 새겨져 있어서 간신히 보인 그 문신은 이런 내용이었다. *거기에 들판이 있다. 모든 옳고 그른 것에 대한 생각들 너머에. 거기서 그대를 만나리.* 피트는 또 다른 유명한 배우와 함께 공 던지기를 하고 있었다. 이건 지나칠 정도의 우연이었다. 바로 어제 내가 에지디의 현인에게 했던 바로 그 말이 지금 뉴올리언즈에서 메아리가 되어 되돌아와 있었다. 그것도 다름 아니라 이제 막 에지디 난민 캠프를 돌아다니다 떠난 천사의 남편 팔뚝에 새겨져서. 멀미가 나는 것처럼 속이 울렁거렸다. 나는 그 구절을 '선과 악 너머에'라고 기억하고 있었는데, 그 사람들은 그걸 영어로 옮기면서 '옳고 그른 것'이라고 번역해 놓은 듯했다.

내 머릿속은 이런저런 정보들과 이미지의 불협화음으로 가득 차 있다. 마르딘의 여인들이 아랫입술에 새겨 넣은 보라색 문신들, 브래드 피트의 보라색 문신, 루미가 말한 선과 악, 타부스 천사, 아시리아인 수도사… 그것들 모두가 내 머릿속에서 섞여서 돌아가고 있다.

몸이 아프려고 하는 건지 두통과 메스꺼움이 몰려온다. 나는 지금 나 자신에게 무슨 일이 벌어지고 있는지 계속해서 스스로에게 묻는다. 호텔방에서 매일 밤 물컵에 따라 마신 와인 때문이었나, 아니면 난민 캠프에서 그 여자가 해준 이야기 때문이었나? 후자 때문임이 틀림없다. 이제 막 호텔방으로 돌아오고 난 지금까지 여전히 어지럼증과 메스꺼움을 느끼고 있기 때문이다. 우리는 캠프 안에 늘어선 텐트를 하나씩 차례로 들어가 혹시 멜렉나즈를 아는 사람이 있는지 물어보면서 다녔다. 현자의 아들과 함께 다니는 게 아니라 나 혼자였다면 절대로 이런 식으로 아무 텐트에나 들어가 물어보며 다닐 수 없었을 것이다. 현자의 이름이 언급되기만 하면 모든 저항이나 항의가 다 가라앉았다. 나중에 알게 된 바지만, 에지디는 엄격한 신분제도를 가지고 있었는데, 그중에서도 현자는 누구나 복종해야 하는 대상이었다.

다섯 번째 텐트였는지 여섯 번째였는지 기억이 정확하지 않은데, 그 안에 수용되어 있던 다 해어진 녹색 카디건을 걸친 젊은 여자가 눈먼 아기를 데리고 있던 멜렉나즈를 안다고 했다. 그녀의 이름은 질란이었다. 길고 마른 얼굴의 여자였다. 스무 살 조금 안 돼 보였지만, 실제로는 그보다 더 어린 여자였다. 여자는 처음에는 말하길 꺼렸지만, 현자의 아들이 몇 마디 중얼거리는 소리로 부탁하자 그들이 겪은 이야기를 해주기 시작했다. 얘기를 들으면서 나는 토할 것 같았다. 문자 그대로, 토할 것 같았다. 질란이 내게 말해준 것들은 소화가 거의 불가능한 것들이었다. 얘기를 다 듣고 나서 캠프를 나오는데, 나오는 그 순간부터 몸이 가지에 붙은 나뭇잎처럼 떨리면서 헛구역질이 올라왔다.

어디 아프냐고 하칸이 물었다. 나는 아무것도 아냐, 아무것도 아냐, 호텔로 돌아가자,고 중얼거렸다. 하칸이 계속해서 물었기 때문에 나는 두통이 있고 좀 메스꺼운 거 같다고 말했다. 거짓말을 하는 게 아니었다. 관자놀이가 지끈거렸다. 전적으로 내 머리와 배의 문제만은 아니었지만, 사실로부터 그리 먼 것도 아니었다. 하칸은 잠시 침묵을 지키고 있었지만, 마침내 호기심을 참지 못하고 입을 열었다.

"이봐, 미안하지만 정말 궁금해서 그러는데, 그 사람들 정말 악마를 숭배하는 거야?"

"아냐, 하칸." 내가 대답했다. "악마가 저 사람들을 숭배하는 거야."

"말도 안 되는 소리."

"농담이야." 내가 말했다. "저 사람들은 공작새를 숭배해." 하칸은 그 말에 더 놀라는 것 같았다.

호텔방에 들어서는 순간 나는 물컵 한 가득 와인을 따라서 단숨에 들이켰다. 그러고 나서는 한 컵을 더 따라서 그것도 다 마셨다. 물을 마시듯이. 그러고 나서 커튼을 쳐 달빛을 가렸다. 메소포타미아의 여신들처럼 저 멀리서 차갑고 잔인하게 빛나는 달이 내 잠을 방해하지 못하도록.

질란[50]이 기억하다:
두 강의 물로도 *깨끗하게 씻을 수 없어요*

어떤 얘기를 해야 할지, 어디서부터 시작해야 할지, 어떻게 끝낼지 모르겠어요. 귀에 들리지 않고 혓바닥으로 말할 수 없는 것들이 있어요. 마음으로 들어야만 하는 것들이죠. 우리가 겪었던 고통보다 더 큰 고통은 없어요. 우리의 울음소리보다 더 큰 울음소리는 없어요. 우리가 겪는 고난은 신자 산만큼이나 높이 쌓여 있어요. 그것들의 무게는 우리의 가슴 위에 그대로 얹혀 있어요. 우리 피가 너무 많이 흘러서 두 개의 강에서 흐르는 물도 깨끗하게 씻을 수 없어요. 위대한 유프라테스, 위대한 티그리스도 이 핏자국을 씻을 수 없어요. 오오이, 오이, 오이. 우리의 집은 캄캄해졌어요. 우리의 사지는 부러졌어요. 올빼미들이 우리의 집 위에 둥지를 틀었어요. 우리의 이야기는 인류의 마지막 날에 대한 이야기예요.

이 말들은 그 텐트 안에 있던 다른 여인의 것이다. 그 여인은 현자의 아들이 그만하라는 신호를 보내지 않았더라면 이와 같은 이야기를 끝도 없이 꺼내놓았을 것이다.

그 후에야 질란이 건조하고 어조의 변화가 없는 목소리로 말하기 시작했다. 마치 의무를 이행하라는 명령을 받은 것처럼 아무런 감정도 실리지 않은 목소리였다. 질란은 볼이 움푹 패고 두 눈썹이 서로 맞닿아 있는 가늘고 긴 얼굴에, 짙은 색 피부를 가진 젊은 여자였다.

멜렉나즈와 전 같은 마을에 살았습니다. 둘 다 열다섯 살이었고 둘 다 학교에 다녔어요. 이따금 가족을 따라서 신자 산에 가곤 했어요. 신자는 아름다웠어요. 세상은 아름다웠어요. 사람들은 아름다웠어요. 세계가 창조된 날인 수요일에는 계란에 붉은색을 칠하곤 했어요. 멜렉나즈와 전 손을 잡고 마을을 돌아다니곤 했어요.

멜렉나즈한테는 커다란 비밀이 있었어요. 그 애 아버지는 멜렉나즈한테 우리의 사라진 성스러운 책에 나오는 말들을 가르쳐 주셨어요. 위대한 타부스 천사께서 모든 인류 가운데 우리 에지디들 주변에 둥근 원을 그려서 따로 뽑아내시고 우리에게 가르쳐준 그 모든 지식이 멜렉나즈의 머릿속에 들어 있었어요. 오직 소수의 가족들만이 이 고귀한 지식을 가지고 있어요. 오직 한 세대에서 다음 세대로,

말을 통해서만 전해지는 지식. 멜렉나즈는 그런 가족의 일원이었어요.

그날, 턱수염을 기른 남자들이 우리 마을을 덮쳤어요. 빠져나갈 길들은 모두 지프차로 막아놓고 우리 모두를 마을 광장에 모았죠. 그 사람들은 남자들한테서 여자들과 아이들을 떼어놨어요. 그 사람들은 커다란 총을 가지고 있었고, 모두 검은색 옷을 입고 있었고, 차에 검은색 깃발을 달고 있었어요. 우리 에지디 남자들은 모두 콧수염을 길게 기르고 절대로 깎지 않아요. 그 사람들은 제일 먼저 그걸 다 밀어버리면서, 에지디는 이교도들이고 이슬람의 적이라고 말했어요. 하이다르 아저씨가 뭐라고 대드니까 그 사람들은 아저씨의 목을 잘라버렸어요. 머리가 땅에 구르면서 먼지를 뒤집어썼어요. 전 멜렉나즈의 눈을 제 손으로 가려줬어요. 그 애가 제 손가락을 너무 꽉 쥐어서 손가락이 부러질 것 같았어요. 그날 그 사람들은 우리 남자들을 세 명 더 죽였어요. 그리고 남은 남자들은 모두 트럭에 태워서 어디론가 데리고 갔어요. 제 아버지, 삼촌들, 형제들 모두. 그 후로는 다시는 못 봤어요.

그러고 나서 그 사람들은 우리를 다른 트럭에 태워서 다른 타운에 있는 어떤 건물의 큰 지하실에 몰아넣었어요. 빵이나 물 같은 것도 주지 않고요. 멜렉나즈는 거기까지 가는 동안 내내 아버지와 형제들을 생각하면서 울었어요. 다음 날 저녁에 턱수염을 기른 남자들이 돌아왔어요. 그 사람들은 젊은 여자들과 어린 여자아이들을 엄마와 아줌마, 할머니들로부터 떼어냈어요. 제발 그러지 말아 달라고 애원했지만, 그 사람들은 듣지 않았어요. 그 사람들은 나이가 여덟 살에서 열여덟 살 사이인 여자아이들을 한 트럭에 태워서 다른 건물의 다른 지하실로 데리고 갔어요. 멜렉나즈는 벌벌 떨면서 제 손을 꼭 잡고 있었어요. 한참 있다가 그 사람들이 음식과 물을 갖다 줬어요. 기운이 하나도 없었기 때문에 주는 대로 먹었어요. 그러고 나자 턱수염 난 사람들이 돌아오더니 가축을 사러 온 사람들 같은 눈초리로 우리를 살펴보기 시작했어요. 어떤 남자들은 우리한테 와서 아무 데나 마구 주물렀어요. 그러다가 결정을 내리면 자기가 고른 여자아이를 데리고 빠져나갔어요. 어떤 남자가 제가 끌어안고 있던 여덟 살짜리 동생을 억지로 떼어내서 데리고 갔어요. 그 남자 발에 매달려서 애원했지만, 그 남자는 절 이교도라고 부르면서 발로 차서 떼어놨어요. 제 동생이 계속 제 이름을 외쳐 불렀는데, 전 아무것도 할 수 없었어요. 그러고 나서 그자들은 우리도 만지고, 품평을 했어요. 그날 우린 다 각각 끌려나갔고 아무도 남지 않았어요. 저를 데리고 나간 남자는 큰 덩치에 콧수염은 없고 턱수염이 긴 사십 대 남자였어요. 그 남자는 절 어떤 집으로 데리고 갔어요. 여자 네 명과 어린 여자애 하나가 이미 그 집에 있었는데, 하나같이 겁을 집어먹은 표정이었어요. 그 남자는 절 그중의 한 사람한테

떠밀더니 이 이교도를 잘 씻겨. 내가 쟤를 무슬림으로 만들어 줄 거야, 그렇게 말하고는 소리 내서 웃었어요.

그 여자는 한마디도 하지 않고 저를 씻기기만 했어요. 때를 밀고, 델 것처럼 뜨거운 물로 헹궈줬어요. 그러고 나서 갈아입을 깨끗한 옷을 줬어요.

그날 밤에 그 남자는 저를 가지고 자기가 하고 싶은 대로 했지만 제 마음은 딴 데 가 있었어요. 여덟 살짜리 내 어린 동생 네르기스, 그 애가 어디에 있을지, 무슨 일을 당하고 있을지 하는 생각에 사로잡혀서 제가 당하는 고통은 잊고 있었어요. 나중에 그 애가 저랑 똑같은 일을 당했다는 걸 알았어요. 그 애는 울음을 멈추지 않았기 때문에 거기에 매까지 맞았다고 했어요.

질란은 이 모든 일들을 마치 날씨 정보를 전달하는 것같은 태도로 다시 끄집어내고 있었다. 그녀의 목소리에는 아무런 감정도 들어 있지 않았고, 표정에도 아무런 변화가 없었다. 그녀의 이런 태도가 내게는 오히려 더 충격적이었다. 견딜 수 없이 끔찍한 사건들이었겠지만 그녀는 가장 건조한 태도로 최소한의 내용만 전해 주었고, 나머지 비어 있는 부분을 채우는 것은 내 상상력의 몫이었다. 그녀를 그렇게 대한 사람은 도대체 어떻게 생긴 사람인가? 이런 종류의 이야기들에서 항상 냄새는 언급되지 않고 빠지게 되지만, 오히려 그 모든 것들 중 가장 끔찍한 요소가 되기도 한다. 질란은 자기를 짓누르는 사내의 몸에서 나는 낯선 냄새와 그 집에서 나는 냄새들, 그 사내의 입 냄새… 생각만 해도 끔찍한 그 모든 것들을 견뎌내야 했을 것이다.

그 남자는 절 며칠 동안 그렇게 사용했어요. 질란이 계속해서 말을 이었다. 그러고 나서는 다른 사람한테 담배 한 갑을 받고 저를 팔았어요. 그 남자도 저를 사용하고 나서 팔았어요. 그 남자들은 제가 지하디 열 명의 침대를 거치고 나면 무슬림이 된다고 했어요. 거의 일 년 동안, 그 남자들은 저를 이리저리 넘기면서 때리고, 다양한 방법으로 강간했어요. 어느 날, 용기를 내서 그 당시 절 소유하고 있던 나이든 남자한테 물어봤어요—그 사람은 다른 사람들에 비해서는 조금 착해 보였거든요—지금 이렇게 하는 게 죄를 짓는 거 아니냐고요. 아니. 그 남자가 말했어요. 이건 우리의 칼리프께서 내린 명령이야. 그럼 어린 여자아이들도 똑같이 하나요? 내 마음은 여전히 네르기스한테 가 있었기 때문에 그렇게 물었어요. 그 남자는 종이를 한 장 꺼내더니 칼리프의 명령이라는 걸 읽어주더군요. 생리를 시작한 여자아이와는 성교를 할 수 있다. 그렇지 않은 아이와는 삽입을 제외하고 너의 쾌락을 추구하라. 안돼, 내 불쌍한 네르기스, 안돼, 네르기스도 당했을 거라는 생각이 들었어요. 그 애는 여덟 살밖에 안 됐지만 눈에 띄는 아이였어요. 그 남자는 계속해서 읽어 내려갔어요. 두 자매를 취하는 것 또한 그들을 따로따로 침대로 들이는 한 허락된다.

그 이야기를 듣고 나서, 난 그 남자한테 나의 네르기스를 찾아서 사 달라고 애원했어요. 그 남자의 발밑에 엎드려서, 제가 그의 노예가 돼 주겠다고 말했어요. 그 남자는 소리 내서 웃더니 말했어요, 너는 이미 내 노예야. 몸만이 아니고요, 제가 말했어요, 내 마음과 영혼을 다해서 주인님의 노예가 되겠어요, 제 동생만 데려다주세요. 그 애는 아직 어린애예요, 지금 겁에 질려 있을 거예요. 무슬림이 될게요, 매일 하는 기도도 드릴게요, 하라시는 거 뭐든지 할게요, 전 그렇게 말했어요.

그 남자 마음이 조금 움직이는 거 같더니 생각해 보겠다고 했어요. 전 제가 할 수 있는 모든 방법을 동원해서 그 남자를 섬겼어요. 매일 밤 그가 돌아오면 발을 씻겨주고, 등이 아프다고 할 때는 제가 직접 연고를 만들어서 등에 발라줬어요. 심지어 억지로 웃기까지 했고, 그가 나를 가질 때는 울지 않으려고 애썼어요.

열흘쯤 지났을 때, 그 남자가 부르카에 싸인 여자애를 데리고 왔어요. 천을 벗겼을 때 그게 네르기스란 걸 알아봤어요. 아니, 그보다는, 알아보기도 했고 그러지 못하기도 했어요. 네르기스는 바뀌어 있었어요. 나의 어린 네르기스는 사라지고 없었고, 그 아이가 있던 자리에는 저를 잡아먹을 듯이 노려보고 있는, 거칠고 차가운 누군가가 서 있었어요. 나의 네르기스, 내 사랑 네르기스, 그렇게 말하면서 그 애를 안는데 그 애는 저를 안아주지 않았어요. 그 애의 두 팔은 그대로 옆에 늘어져 있었어요. 그 애의 두 눈에는 검은 분노가 차 있었어요. 심지어 저를 쳐다볼 때도요. 사람이 가지고 있던 희망의 대부분을 잃게 되면 슬프고 우울해 보이게 되죠. 하지만 모든 희망을 잃게 되면 사람은 그렇게 보이게 돼요.

난 그걸 알아요. 왜냐면 나중에 멜렉나즈한테서도 똑같은 걸 봤거든요. 결국에 가선 심지어 자기 엄마도, 아버지도, 자매도 믿을 수 없게 되죠. 눈에 보이는 거라곤 사람처럼 보이는 어떤 생물 안에 들어앉아 있는 괴물밖에는 없는 거예요. 이것도 지나가겠거니 하는 희망을 가지고 할 수 있는 만큼 그 애한테 사랑을 나눠줬어요. 그 애의 사랑스러운 얼굴에 입을 맞춰주고, 우리의 좋았던 시절과 부모님에 대한 이야기도 해줬어요. 엄마가 그 애를 위로해줄 때 그랬던 것처럼 나의 신자 산 가젤이라고 불러주기도 했어요. 두 가닥으로 머리를 땋아주기도 했죠. 그 애는 한마디도 하지 않았어요. 그날 밤에 남자가 그 애를 침대로 데리고 갔어요. 남자가 내는 소리만 들렸어요. 다음 날 아침에 남자는 괜히 내 동생을 사느라 아까운 돈만 낭비했다고, 시체를 산 셈이라고, 아무 재미도 없어서 바로 팔아버려야겠다고 말했어요. 그래서 애원했어요. 우리를 같이 팔아달라고, 우린 엄마도 아버지도 형제들도 모두 사라졌고, 이제 우리 둘밖에 없다고요. 그 남자는 한참 동안 저를 쳐다보더니, 넌 이교도지만 좋은 애다. 그 사람들 더 이상 기다리지 마라, 다들 죽었고 남은 사람은 아무도 없다. 그렇게 말했어요.

저는 피눈물을 흘리며 울었어요. 눈물이 강이 됐어요. 며칠 동안 나는 울부짖었어요. 어디 있어요, 내 아름다운 어머니, 산사자 같은 아버지, 내 머리를 기대 쉬면서 울 비석 하나 남기지 않았단 말인가요? 그 남자는 제가 슬퍼하는 것에 점점 지쳐갔어요. 난 우는 여자를 좋아하지 않는다고 말했지. 그렇게 말하더군요. 그 남자는 어차피 저한테는 볼일을 다 본 참이었어요. 신선한 여자아이들이 매일 들어오고 있었어요, 저보다 어린아이들이요. 그 남자는 네르기스와 저 둘 다 팔아버리기로 결정했어요. 다음 날 아침에 그 남자는 우리 둘을 모술에 있는 노예시장으로 데리고 갔어요.

잔인한 달빛

나는 불길한 예감으로 가득 찬 방에 앉아 일체의 자비를 허용하지 않는 잔인한 메소포타미아의 초승달이 방안으로 뿌려 넣는 빛을 보고 있다. 질란의 말이 내 마음의 표면을 떠돌아다닌다. 그 말들은 나를 오싹하게 만든다. 마치 음식을 만드는 일이나 바느질을 하는 일에 대해 이야기하듯이 내용만 간단히, 낮은 어조의 아랍어로, 아무런 표정도 눈물도 없이 한 이야기였음에도 불구하고 말이다. 아니다, '불구하고' 대신에 '그렇게 말했기 때문에' 라고 다시 말해야 할지도 모르겠다. 내 마음이 이렇게 오싹해지는 것은, 질란 그녀가 그 끔찍한 일들에 대해 마치 일상적으로 있었던 일들을 떠올리듯이 말했기 때문이다. 처음에 이야기를 듣고 있을 때는, 이 비쩍 마른 여인이 그처럼 고요한 얼굴로 해준 이야기들이 잘 들어오지 않는다. 그녀의 목소리 때문에 듣는 사람의 마음이 지나치게 가라앉기 때문이다. 그러나 나중에, 그 이야기의 내용이 어떤 것들이었는지 실감하게 되면서, 온몸이 오싹해지게 되는 것이다.

어쩌면 그건 질란 그녀가 그 기억 속으로 다시 빠져들어 가고 싶지 않아서 그런 건지도 모르겠다. 마음속의 비어 있는 공간에 묻어 놓은 그 더러운 궤짝을 다시 건드리고 싶지 않은 것이다. 이 사건들에 관한 한 마치 남에게 일어나는 일을 관찰한 것처럼, 아무런 감정도 곁들이지 않고 말해야만 하는 것이다.

어느 날 밤에는 프랑스에서 시리아로 온 알제리아 출신의 민병대원이 질란에게 이런 고백을 했다고 한다. 그가 거기까지 온 건 질란 같은 여자아이들을 주겠다는 약속 때문이었다는 것이다. 천국에서 처녀들이 기다리고 있다는 약속이 이미 거기에 실현되어 있다는 것이었다. 그들이 마을을 덮치고 나면 '가슴이 건포도만큼 작은 소녀들'을 원하는 만큼 취할 수 있고, 그것이 그들에게 베푸는 신의 은혜라고 들었다는 것이었다. 이 세상에서 이보다 더 좋은 게 어디 있겠어, 그 젊은 지하디는 질란에게 그렇게 말했다고 한다. 누가 이걸 거절하겠어, 이건 죽기도 전에 천당에 가는 거나 마찬가지야. 질란이 감히 에지디 신앙에서는 천국도 지옥도 없다고 대꾸하자 그 사내애는 질란을 심하게 두들겨 패서 코피를 흘리게 만들고 폭력적으로 강간하고 나서는 자기 친구에게 그녀를 넘겨 버렸다.

토할 것 같다. 위가 목구멍까지 올라와 있는 것 같다. 토해보려고 몇 번 시도를 했지만 아무것도 나오진 않았다. 머리가 쪼개지는 것처럼 아프다. 나 자신에게 화가 난다. 저 밤색의, 일정한 무늬가 있는 저 커튼, 달빛을 제대로 막지 못하고 있는 저 커튼에 화가 난다. 내 전처에, 내가 일하는 신문사에 화가 난다. 그러나 무엇보다, 나 자신에게 화가 난다. 왜 그런 걸 물어봤고, 왜 이 모든 걸 알게 됐단 말인가? 만약 현자의 말이 없었더라면 질란 역시 다른 여자들과 마찬가지로 아무 말 없이 나를 쳐다보고만 있었을 거라는 걸 안다. 질란은 오직 그의 명령 때문에 내게 말했다. 내가 그녀의 기억을 의식의 표면 위로 떠올리게 한 건 과연 옳은 일인가?

그날 밤 침대에서 몸을 뒤척이면서, 나는 질란과 네르기스, 멜렉나즈, 그리고 그녀의 눈먼 아기의 모습을 그려보려고 여러 번 애를 썼다. 동료 인간과 지구를 파괴하고 있는 인류는 이 지상에 살 권리가 없어, 나는 생각했다. 우리 모두의 내면에는, 의심할 여지없이, 각각 괴물이 살고 있는 거야. 또한 생각했다, 질란, 네르기스, 멜렉나즈를 비롯한 저 수천 명의 사람들이 모두 동물이었고 우리 또한 이 끔찍한 인간이라는 종이 아니었다면 그 사람들은 이런 고통을 받지 않아도 됐을 거야. 우리는 우리가 다른 동물군이나 식물군에 비해 훨씬 더 진화되었다는 생각으로 우리 자신을 속이고 있다. 우리가 인간으로서 높이 평가하고 있는 이런 식의 생각은 그러나 얼마나 천박한 것인가.

그리고 이런 사태가 벌어지고 있는 동안 그 모든 종교의 신들은 모두 어디에 있었던 건가? 이 질문이 채 완성되기도 전에 대답이 같이 떠올랐다. 아마도 제 칠일이었겠지, 그래서 신께서는 안식을 취하고 있었겠지. 그는 이 모든 비명을 듣지 않았다.

내 안의 깊은 곳이 휘저어졌다. 이것은 내가 이스탄불에서 느끼던 불안과는 다른 종류의 것이었으나, 여전히 불안이라고 부를 수 있는 것이었다. 사람들은 반대로 생각하지만, 불안은 삶의 자연적인 상태다. 평화는, 그 반대로, 아주 드물게 불쑥불쑥 찾아온다. 있기는 하다면.

그날, 질란은 다른 젊은 여자들과 어린 여자아이들, 소년들과 함께 모술의 노예시장의 어둡고 습기 찬 건물로 내던져지던 일에 대해 이야기해줬다. 그자들은 새로 들어온 사람들을 가격대에 따라 분류했다. 가장 비싼 첫 번째 그룹은 젊고 예쁘고 피부가 하얀 처녀들로, 그들은 별도의 방에 수용되었다. 두 번째 그룹은 어린아이들이었다. 성경험이 없는 사내아이들과 여자아이들.

질란은 다양한 연령의 어린아이들이 놀란 눈으로 주위를 두리번
거리던 모습에 대해 이야기해줬다. 그들 모두는 앞으로 자신에게 무
슨 일이 생길지 전혀 모르고 있었다. 엄마를 부르면서 우는 아이들
은―많은 아이들이 그랬는데―두들겨 맞았다. 세 번째 그룹은 '사용
된' 여자들로, 임신을 한 여자들과, 어린아이들보다는 조금 더 나이
가 든 여자들이었다. 질란은 여기에 속했는데, 자기를 붙잡아놓고
있는 자들에게 네르기스가 '심하게 사용된' 아이라고 설명해서 함
께 데리고 있을 수 있었다.

그들은 그 더러운 방에 사흘 동안 머물렀는데, 그 기간에는 간
신히 살아남을 정도의 물과 음식만 주어졌다. 무섭게 생긴 사내들이
주기적으로 들어와 그들을 들여다보고, 몸의 여기저기를 만져보고,
가슴을 더듬어 그것이 처진 정도를 가지고 그들이 얼마나 '사용' 되
었는지를 가늠해보려 했다. 이들을 파는 노예상인한테는 화를 내거
나 울부짖는 여자들을 달랠 생각도 그럴 여유도 없었다. 그는 손님
이 될 만한 사람이 나타나면 여자들에게 미소를 지으라고 명령했
고, 그에 불응하는 여자들은 때렸다. 네르기스는 이 때문에 수시로
매를 맞았지만, 아무리 맞아도 말을 하거나 미소를 짓거나 그녀의
시선에 들어 있는 분노를 감추려 하지 않았다. 네르기스 나이대의
여자아이들은 수요가 많았지만, 그녀의 이런 모습 때문에 그녀에게
관심을 보이는 사내는 많지 않았다. 네르기스를 사기로 마음먹었던

사내들은 그녀의 눈길을 마주보고 난 뒤에는 재빨리 마음을 바꾸곤했다. 질란은 선택을 받기에는 이미 너무 '사용'된 뒤였다.

많은 수의 젊은 처녀들이 매일 들어오고 있었기 때문에 그들을 사자는 사람은 없었다. 사흘째 되던 날이었다. 여러 명의 여자들이 방으로 들어왔는데 그중의 하나는 검은 부르카 밑에 아이를 배고 있다는 게 두드러져 보였다. 저 불쌍한 아이는 여기서 출산하게 되겠구나, 질란은 생각했다. 여자들이 부르카를 젖혔을 때, 질란은 그 임신한 여자가 멜렉나즈라는 걸 알게 됐다. 질란은 멜렉나즈를 껴안았고, 두 사람은 부둥켜안고 울기 시작했다. 그 모습을 네르기스와 다른 여자들이 텅 빈 눈길로 쳐다봤다. 두 사람은 노예상인이 들어올 때까지 그러고 있었다.

그렇게 진행되었던 게 맞나? 틀림없이 그랬을 것이다. 아니면 질란이 말한 장면들 사이의 공간을 내 멋대로 상상해서 채워 넣은 건가? 질란은 이야기에 어떤 종류의 감정도 싣지 않았고, 그들이 울었다거나 하는 이야기도 하지 않았다. 다만 임신한 여자가 멜렉나즈였고 그녀의 얼굴이 나이 들어 보였다고, 차가운 어조로 얘기했을 뿐이다. 어쩌면 고통을 못 느끼는 상태로 넘어간다는 생각 자체를 내가 아예 하지 않으려 한 건지도 모르겠다. 아마 할 수 없었을 것이다. 그랬기 때문에 이런 식의 세부사항들을 끊임없이 만들어냈을 것이다. 만약 두 젊은 여자가, 그런 식으로 헤어져서 이루 말할 수 없는 끔찍한 일들을 겪고 나서 다시 만났는데 그저 말없이 차가운 눈빛만 주고받는 지경에 이른다면, 우리가 '인간'이라는 개념 위에 쌓아 올린 모든 것들은 그 순간 다 허물어지는 것 아니겠는가? 하지만 실제로 그랬을지도 모른다—내가 어찌 알겠는가?

며칠 후, 활력이 넘치는 큰 덩치에 세어가는 콧수염과 턱수염을 한 중년 사내가 나타났다. 그 사내는 질란과 멜렉나즈에게 그들의 이름, 고향 등을 묻다가 질란을 사기로 결정했다. 이 여자로 하지 뭐, 별 가치는 없어 보이지만 그야 나도 마찬가지일 것이고. 그가 말했다. 얼마요? 노예상인이 이십 달러를 요구하자 사내는, 말도 안 되는 소리 하지 마쇼, 이 여자 완전히 사용된 거 안 보이시오, 이십 달러면 이제 막 피어나는 봉오리 같은 어린아이도 살 수 있는데, 그만한 돈을 왜 이 여자한테 쓰겠소. 상인은 작전을 바꿔서, 이 애한테는 어린 동생도 있소, 한 번 봐요, 꽃봉오리요. 아무도 건드리지 않은 건 아니지만, 이십오 달러에 둘 다 데려가면 어떻겠소? 사내는 네르기스를 건드리지는 않고 쳐다보기만 하더니, 여전히 너무 비싸다고 하면서 고개를 저었다. 상인이 머뭇거리는 걸 보고 있다가 질란이 감히 끼어들었다. 질란은 멜렉나즈를 가리키면서 여기도 괜찮은 애가 있어요, 우리 셋을 다 사시지 그래요, 라고 말했다. 그 말을 들은 상인의 표정이 밝아지면서 기대에 찬 눈으로 고객을 쳐다봤다. 배가 코까지 올라와 있구먼, 사려는 사람이 말했다, 이 여잘 데리고 뭘 할 수 있겠소? 척 봐도 다들 사용됐고, 그것도 엄청 손을 많이 바꿔가면서 사용됐구먼. 이 여자는 출산 문제까지 해결해 줘야 할 것이고! 질란으로서는 감히 더 이상 끼어들 처지가 아니었지만, 상인이 자기 말에 동의했던 걸 빌미로 삼아 한마디 더 했다. 지금 하나 가격에 넷을 얻으시는 거예요, 아저씨. 질란은 사려는 사람에게 말했다. 넷이라니, 사내가 말했다. 질란은 멜렉나즈의 배를 가리키며, 저 애도 태어나면 돈이 될 거예요, 라고 말했다. 그 말을 듣고 나자 상인과 사내가 밖으로 나갔다. 두 사람은 소리가 들리지 않을 거리까지 가서 한참 동안 흥정을 이어갔다. 한참 후에 상인이 안으로 들어와서 그들 모두가 팔렸다고, 나가라고 말했다. 이렇게 해서 질란과 멜렉나즈, 그리고 네르기스는 다시 햇볕 속으로 나왔다.

이들을 산 사내는 초록색 픽업트럭을 가지고 기다리고 있었다. 사내는 이들 셋을 짐칸에 싣고 한참을 달렸다. 질란은 부르카의 틈을 통해서 거리를 걸어 다니는 사내들의 모습을 볼 수 있었다. 사내는 상점 앞에 차를 세우더니 안으로 들어가 가방 몇 개를 들고 나왔다. 여자들에게 큰 물병 하나를 건네주고는 다시 운전을 계속했다. 이들을 태운 픽업트럭은 그로부터 몇 시간을 더 먼지 나는 도로를 덜컹거리면서 천천히 달렸다. 그들은 여러 개의 검문소를 만났고, 그때마다 사내는 신분증을 보여주고 통과했다.

그들은 이런 식으로 해가 질 때까지 달렸다. 해가 질 무렵, 트럭은 시냇물이 흐르고 있는 언덕 꼭대기에 멈춰섰다. 사내는 여자들에게 내리라고 말했다. 멜렉나즈를 도와 차에서 내려주고 나서 질란은 아래로 펼쳐진 비탈길을 보면서 생각했다. 여기서 우리를 죽이려는 거구나. 바로 그때, 여태 아랍어를 쓰던 사내는 갑자기 여자들에게 쿠르드어로 말하기 시작했다. 이리 오너라, 그가 말했다. 타부스 천사의 사랑을 생각하면서, 저 지는 태양을 향해 기도하자꾸나. 사내가 앞에, 여자들이 그 뒤에 선 채, 그들은 모두 태양을 향해 세 번 기도를 올렸다. 그런 후에 사내는 여자들을 향해 돌아서서 말했다. 얘들아, 무서워하지 마라. 너희들을 해치기 위해서가 아니라 자유롭게 해 주기 위해 산 거란다. 다들 나를 아랍 무슬림이라고 생각하지만 난 에지디다. 다른 신분을 가지고 그자들 가운데 섞여서 살지. 이 언덕을 넘어가면 우리의 성산 신자란다. 그걸 넘어가게 되면 로자바가 나올 것이고, 거기서부터 터키 국경까지 갈 수 있을 거다. 험한 길이야. 하지만 길로 나서면 그자들한테 다시 잡힐 거다. 산속으로 가는 게 유일한 방법이야. 가지고 갈 수 있을 만큼 이 음식을 가지고 가라. 타부스 천사께서 너희들을 도와주시고 우리의 선지자 아디이 빈 무사피르께서 너희들의 보호자가 돼 주시기를.

　말을 마친 사내는 다시 트럭을 타고 떠났다. 고요만이 남았다. 시냇물조차 스스로 소리를 낮추는 것 같았다. 세 여자는 아무 말 없이 가방을 열었다. 그 안에 들어있던 빵과 치즈와 수주크[49] 소시지를 먹었다. 물병에 시냇물을 채웠다. 그리고는 잠에 **빠져들었다.**

　서로 대화를 나누진 않았나요, 나는 질란에게 물었다. 아뇨, 그
녀가 대답했다. 무섭지 않았나요, 내가 물었다. 무서웠어요, 그녀가
말했다. 다른 애들은 어땠는지 모르겠어요, 하지만 난 무서웠어요.
네르기스와 멜렉나즈 때문에. 만삭인 멜렉나즈를 데리고 그 산을 어
떻게 넘어가야 할지 몰라서 무서웠어요.

산

　위대한 산 신자여, 에지디의 성지, 우리의 구원자, 아디이 빈 무사피르의 기적이여, 우리가 당신에게 왔습니다. 당신의 보호를 구하러 왔습니다. 우리를 보호해 주소서, 네르기스를 보호해 주소서, 멜레나즈와 아직 태어나지 않은 그녀의 아기를 보호해 주소서, 우리를 당신 날개의 그림자 안에 품어 주소서, 그렇게 저는 기도했습니다. 하지만 산에는 그늘도, 나무도, 물도 없었어요. 올라가는 동안 먼지 때문에 숨이 막혔어요. 먼지를 막으려고 부르카로 얼굴을 꽁꽁 싸맸어요. 그랬더니 이번엔 숨을 쉬는 게 어려웠어요. 부르카의 검은 천이 먼지 때문에 회색이 됐어요. 우리의 성스러운 태양은 우리를 대워버티러고 마음먹은 것처럼, 그 불같은 볕을 우리 머리 위로 끊임없이 내리꽂았어요. 우린 멜렉나즈가 제대로 걸을 수 있도록 양쪽에서 한 쪽 팔씩 붙잡고 걸었어요. 산 위를 걷고 있는 다른 에지디들이 있었지만, 다들 너무 지쳐 있어서 서로를 쳐다보지도 않았어요. 쉬어야 할 때는 바위 그림자를 찾아 들어갔어요. 한 번은 바위 뒤에 어린아이의 시체가 놓여 있는 걸 봤어요. 갈증으로 죽었겠죠. 그 애의 가족은 아마 계속 움직여야 했을 거예요. 그 불쌍한 것은 그 자리에 누워 있었어요. 입술이 갈라지고, 입을 벌린 채로. 우린 그 애 옆에 누웠어요. 그 근처에서 그늘이라곤 거기밖에 없었거든요.

멜렉나즈는 점점 더 무거워졌어요. 그 애가 산에 올라갈 기운을 잃을까 봐 무서웠는데, 하지만 멜렉나즈는 땀에 완전히 젖어가면서 필사적으로 올라갔어요. 바위에 매달린 채로 손을 아래 허리에 대고 잠시 쉬었다가, 그리고는 계속해서 올라갔어요. 병에 넣어온 시냇물을 조금씩 마셨어요. 낮에는 자고 밤에는 걸었어요. 멀리에서 총소리가, 그러고 나서는 폭탄이 터지는 것 같은 소리가 들렸어요. 대포를 쏘는 것 같은 소리요. 가능한 한 몸을 숨기려고 애썼어요. 그 사람들이 뒤에서 우릴 추적해 올까 봐 무서웠어요. 걸어가는 길에, 에지디 가족을 봤어요. 어린아이, 노인, 부모들, 아이들. 서로에게 팔을 두른 채 둘러앉아서 썩어가고 있었어요. 굶어 죽은 걸 거라고 생각했어요. 우린 그 사람들을 위해 기도해주고 나서 같이 쉴 수 있도록 나란히 눕혀줬어요. 우린 완전히 탈진했어요.

그날 밤, 달이 밝았어요. 그 빛을 받아서 바위가 빛났어요. 멜렉나즈의 진통이 시작되고 양수가 터졌어요. 난 멜렉나즈를 두 개의 바위틈에 뉘었어요. 멜렉나즈는 소리를 지르지 않았어요. 우리 위치가 드러나지 않도록요. 멜렉나즈는 그냥 흐느끼기만 했어요. 이런 식으로 두 시간 정도가 지나고, 아기가 나오기 시작했어요. 난 마을에서 할머니들이 하는 걸 본 그대로 아이를 받아냈어요. 나는 산파가 돼서 돌로 탯줄을 자르고, 내 부르카를 찢어서 아기를 돌돌 감았어요. 멜렉나즈를 씻어주고 나서 이렇게 얘기해줬어요, 멜렉나즈, 봐, 딸이야. 타부스 천사께서 이 아이를 도와주시기를, 일곱 천사들이 이 아이를 보호해 주시기를. 이 모든 죽음 가운데서의 출산이라니. 전 멜렉나즈한테 이렇게 말해줬어요, 넌 이 세상에 생명을 데리고 온 거야. 아기가 울기 시작했어요. 아기를 멜렉나즈한테 건네줬지만 멜렉나즈는 아이를 보지도 않으려고 하면서 손을 내저었어요. 마치 그걸 저리 치우라는 것처럼. 네르기스는 어차피 딴 세계에 가 있었고, 아기한테 아무런 주의도 기울이지 않았어요. 네르기스는 달빛 아래서 얼어붙은 채 조용히 앞뒤로 몸을 흔들면서 죽어 있는 몸들을 노려보고 있었어요.

아기가 계속 울어서 제가 안고 얼렀어요. 나쁜 놈들이 아기가 우는 소리를 듣고 우릴 찾아낼지도 모른다는 생각 때문에 겁에 질렸지만,

아기는 울음을 멈추려고 하지 않았어요. 멜렉나즈, 제가 말했어요. 네가 아기한테 젖을 주지 않으면 아기는 계속 울 거야. 제발, 우릴 위험에 빠뜨리지 말아줘. 이 말을 듣더니 멜렉나즈는 아기를 받아서 무릎 위에 뉘었어요. 처음에는 젖이 나오지 않았어요. 그런데 아기가 마른 젖꼭지를 한참 빨고 나니까 마침내 나오기 시작했어요. 아기가 배불리 먹고 나서 제가 다시 아기를 받아안고 흔들어서 재웠어요. 우리도 잠이 들었어요. 배고프고 목이 마른 채로.

그날도 똑같이 흘러갔어요. 저녁이 되고 나서 다시 길을 나섰어요. 아기는 제가 안고 가다가 젖을 달라고 울기 시작하면 멜렉나즈한테 건네줬어요. 멜렉나즈는 아무 말 없이 젖만 물렸어요. 절대로 아기 얼굴을 내려다보지 않았어요. 그러다가 그 일이 벌어졌어요. 아무도 그런 일이 일어날 거라고 예상하지 않던 때에.

그 지점에서 질란은 고개를 떨구고 침묵 속으로 빠져들었다. 계속 이야기를 해 달라고 하자, 질란은 이 부분은 그냥 넘어가면 안 되겠냐고 물었다. 제발 계속해 달라고 내가 간청하자 그녀는 증오를 담은 눈으로 날 노려봤다. 기억을 되살려내도록 만든 잔인한 자에 대한 증오를 담은 눈이었다.

어느 날 아침에 일어나보니까 네르기스가 아무 데도 없었어요. 우린 언덕 꼭대기에 있었어요. 한참을 찾다가, 마침내 저 밑에 누워 있는 그 애를 봤어요. 자기 몸을 던진 거였어요. 전 바위와 가시에

찢기면서 정신없이, 가능한 한 빨리 아래로 내려갔어요. 간신히 그 애 옆으로 내려갔어요. 그 애는 아직 살아있었지만 양팔과 양다리가 부러져 있었어요. 그 애 머리를 내 무릎 위에 올려놓으려고 보니까 머리가 온통 피에 젖어 있는 게 보였어요. 그 애가 말했어요. "한때는, 나도 사람이었어, 언니." 그게 그 애의 마지막 말이었어요. 그 애의 작은 몸을 묻어주고 싶었어요. 하지만 땅이 너무 건조하고 단단했어요. 팔 수 있는 흙이 있는 데가 있었더라면 제 손톱으로라도 파서 무덤을 만들어줬을 거예요. 그 대신 크고 작은 돌들을 모아서 그것들로 네르기스의 몸을 덮어줬어요. 전 태양을 향해 돌아서서 제 기도를 올렸어요. 네르기스를 타부스 천사의 끝없는 은혜에 맡겼어요. 다시 언덕을 기어 올라가 멜렉나즈한테 무슨 일이 일어났는지 얘기해 줬어요. 우린 네르기스를 성스러운 산 신자의 품에 맡겨두고 떠났어요.

멜렉나즈는 젖을 먹여야 할 때는 아기를 받았다가 다 먹이고 나면 저한테 다시 돌려줬어요. 우린 굶주리고, 목이 마르고, 완전히 지쳤어요. 우린 아기를 들고 갈 기운도 없었고 멜렉나즈는 그 아기를 원하지도 않았어요. 한 번은 멜렉나즈가 아기를 바위 밑에 놔두고 떠났어요. 한 시간쯤 걸었는데 도저히 그대로 갈 수가 없어서 다시 돌아갔어요. 멜렉나즈는 그 바위 아래 그늘에 앉아서 한참 동안 젖을 물렸어요. 며칠 동안 초식동물들처럼 풀을 뜯어먹던 때였어요.

이리 와, 멜렉나즈가 저한테 말했어요. 그러더니 왼쪽 가슴을 저한테 내주고 젖을 먹였어요. 젖은 달콤했어요, 엄마의 젖. 멜렉나즈는 제 엄마가 됐어요. 멜렉나즈는 저한테 손을 오므려서 컵을 만들라고 하더니 그 안에 젖을 좀 짜서 스스로 그걸 마셨어요. 그렇게 해서 먹는 젖이 우리의 생명줄이 됐어요.

아기한테 이름을 줘야지, 그때 제가 멜렉나즈한테 말했어요. 이름 없는 에지디 아기는 죄악이야. 뭐라고 부르고 싶어? 모르겠어, 멜렉나즈가 말했어요, 관심 없어. 아빠가 누구든, 제가 말했어요, 이 애는 죄가 없어. 이 애도 생명이야. 너무나 여러 번 강간을 당했으니 아이 아버지가 누군지 아는 건 가능하지도 않아. 이 아기는 타부스가 너한테 주신 선물이야, 전 그렇게 말했어요. 이 애는 우리 둘 모두를 살렸어. 네 젖이 나오게 해서 우리 두 사람 목숨을 부지할 수 있게 해줬어. 이 아기를 네르기스라고 부를까, 제가 물었고, 멜렉나즈는 동의했어요. 신자 산은 한 네르기스를 데리고 가고 다른 네르기스를 줬어요.

그다음 날, 우린 아기가 눈이 멀었다는 걸 알게 됐어요. 두 눈이 우유처럼 흰 것으로 덮여 있었고, 그래서 아무것도 볼 수 없었어요. 나중에 캠프에서 만난 의사는 임신 중에 어떤 병에 걸리면 아기한테 이런 문제가 생길 수 있다고 말해 줬어요. 멜렉나즈는 여전히 그 아이를 원하지 않았지만 젖을 계속 먹이는 동안 그 아기한테 익숙해졌고, 또 제 생각에는, 아기가 앞을 못 본다는 걸 알게 되면서 동정심을 가지게 된 것 같아요. 이제는 도저히 한 걸음도 더 못가겠다고 생각한 순간, 언덕의 반대편에서 총을 든 사람들이 나타났어요. 세 사람이었어요. 어깨 위에 자동소총을 올려놓고 있었는데, 가까이 다가온 다음에 보니 여자들이었어요. 이제 열일곱이나 열여덟 살 정도 돼 보이는, 피부가 까무잡잡하고 키가 큰 애들이었어요. 우리가 누군지 묻더군요. 우리가 에지디라는 걸 알고 나서 그 애들은 저희한테 물과 음식을 주고는 우리가 온 방향을 향해서 계속 걸어갔어요. 우린 당신들을 이 지경으로 몰아넣은 자들을 다 없애버릴 거예요. 그 애들이 말했어요. 그 아이들이 걸어간 방향에서 나중에 대포 소리가 들렸어요. 내려가는 길은 쉬웠어요. 음식도 있고, 물과 젖이 있고, 올라갈 때와는 전혀 달랐어요. 평지로 내려오고 나서 그다음에 로자바로 가자 사람들이 우리를 맞이해서 마을로 데리고 가 먹고 씻을 수 있게 해 줬어요. 그 사람들은 우릴 콰미실리라는 국경 마을을 통해서 터키로 넘어갈 수 있게 해줬어요. 국경을 넘자 터키 사람들이 우리를 이 캠프로 데리고 와서 의사를 보게 해줬어요. 그게 다예요.

이 세계는 창문이요
모든 나그네들이 와서 들여다보고는 다시 떠나가나니

　　다음 날 마르딘의 어떤 가게 앞을 지나다가 한 사내가 혼자 노래를 부르는 소리를 들었다. 안에서 일하고 있던 장인이었다. 그는 쇠를 다루는 일을 하면서 동시에 옛날 스타일의 노래를 부르고 있었다. 멜로디는 익숙하지 않았지만, 가사가 내 주의를 끌었다. *이 세계는 창문이요 / 모든 나그네들이 와서 들여다보고는 다시 떠나가나니*, 라고 그는 우수에 찬 어조로 노래했다. 맞는 말이군, 나는 생각했다. 꼭 맞는 말이야. 나는 사는 일을 두고 철학화시키는 걸 별로 좋아하지 않는다. 특히 사람들이 삶의 의미 운운해 가면서 시간을 죽이는 커피숍 대화식의 철학화는 특히나 좋아하지 않는다.

게다가 요즘은 이런 종류의 이야기를 들으면 평소보다 더 화가 난다. 나는 과거와 현재의 모든 철학자들에게 화가 나 있다. 이 세상의 모든 시인들, 예언자들, 그리고 현자들에 대해서도 마찬가지다. 도대체 그 많은 책들은 뭘 위해 있는가. 도대체 무슨 쓸모가 있는가? 그 많은 회의들, 모임들, 자기가 뭐라도 되는 줄 알고 있는 정치가들, 나 같은 종류의 기자들, 심각한 얼굴을 하고 TV 생방송에 나가 앉아 있는 것들, 마치 자기가 세계를 구원할 것처럼 떠드는 자들, 그 많은 대학들, "난 이제 믿어…" 어쩌고 떠드는 것들, 이 모든 자들을 몽땅 모아와 본들 무화과 하나만큼의 값어치도 안 될 것이다. 아, 그리고 부자들, 돈, 집, 요트의 숭배자들. 명성의 숭배자들. 그런 자들은 그자들이 지닌 호화로운 시계들, 다이아몬드와 고급차들과 함께 파묻어버려야 해, 나는 생각한다. 그 소유물들로부터 절대로 떨어지지 못하게 해 놓고.

거리를 걷는 동안, 금속 장인의 노랫소리가 계속 내 머릿속을 떠돈다. 나는 그 구절을 계속해서 되뇌어 본다. *이 세계는 창문이요 / 모든 나그네들이 와서 들여다보고는 다시 떠나가나니.* 저것 말고 또 다른 어떤 철학이 가능한가, 나는 생각한다. 끝도 없이 이어지는 서가의 그 많은 책들, 그 많은 대학들, 유명한 교수들, 존재에 대해 생각하는 사람들, 그들 중 어느 누가 저 노랫말보다 더 잘 말할 수 있을까? 그리고 종교에 관련된 사람들은? 신앙을 파는 자들과 그걸 사는 자들, 그들이 하는 말이 과연 말을 위한 말을 뛰어넘을 수 있는가? 그들 또한 흑해 연안의 민요 한 자락 속에서 쉽게 요약된다. *이 세계는 거짓이야 / 다른 세계는? 불확실하네.*

질란과 이야기를 나누고 난 뒤로, 모든 것이 우스꽝스러워 보인다. 나는 항상 해오던 걸 한다. 걷고, 말하고, 먹고, 내가 해오던 모든 걸 한다. 그러나—이걸 어떻게 말해야 할까—나는 이 모든 걸 공허함을 느끼면서 한다. 저 안 깊은 곳에 텅 비어 있는 공간이 있는 것 같다.

내가 지금 이 글을 쓰는 이유는 그 공허를 채우기 위함이다. 이게 쌓여서 책이 될지, 아니면 다른 무어가 될지, 고백하건대 잘 모르겠다. 내가 이걸 쓰든 말든, 그게 도대체 무슨 차이를 만들까, 나는 생각한다. 사람들이 읽든, 아니면 말든. 질란을 만난 후로 내 기분은 항상 이랬고, 내 생각은 신자 산 어딘가에서 크고 작은 돌들 밑에 누워있는 네르기스에게 자주 가 있었다. 이제 내 인생의 핵심은 멜렉나즈라는 이름의 여자를 만나 이야기를 하는 거라는, 이유를 설명할 길 없는 확신을 나는 느끼고 있다. 그 여자만이 공허를 메울 수 있는 유일한 존재라는 듯이 말이다. 이 이야기를 쓰는 동안에도 나는 그 여자를 만나야만 하는 이유를 또 깨닫기 시작하고 있다. 그건 그들에게 무슨 일이 일어났는지 이 세상에 알려주기 위해서가 아니다. 그런 엄청난 사건이 있었다는 걸 깨달으라고 사람들을 잡고 흔들기 위해서가 아니다. 그건 내가 아무리 애를 써본들,

저쪽 세상에 있는 앤젤리나 졸리가 훨씬 더 잘할 것이다. 이건 내가 나 자신을 치유하기 위해서다. 인간이라고 불리는 존재들 사이로 다시 돌아가 같이 살 수 있는 힘을 얻기 위해 필요한 일이다. 최소한, 나는 그렇게 생각한다. 나는 인간을 장악하고 있는 하레세, 사막의 짐승한테 그랬듯이 우리의 입속을 피투성이로 만들고 있는 그것을 나 자신으로부터 제거하기 위해서 이 글을 쓴다. 이 글을 쓰는 동안, "한때는, 나는 사람이었다!"라고 중얼거리는 나 자신을 종종 발견한다.

마르딘은 그 좁은 골목길들, 돌로 지은 집들, 그리고 그것들에 스며들어 있는 시간, 낡고 먼지 쌓인 분위기로 나를 질식시키기 시작하고 있다. 내 내면의 불안정성이 점점 더 심해지고 있다. 이 도시를 벗어나고 싶다. 이 도시에선 시간이 거꾸로 흐른다. 이십일 세기로 돌아가고 싶다. 그러나 그 전에, 내가 해결해야만 하는 두 가지가 있다. 후세인의 이야기가 어떻게 끝났는지 알아내는 것, 그리고 멜렉나즈의 흔적을 찾아내는 것.

첫 번째 과제는 전혀 어려울 게 없지만, 두 번째 것은 어렵다. 난민 캠프의 사람들은 후세인이 얼마나 헌신적이고 실질적으로 도움이 된 사람이었는지 잘 기억하고 있었고 큰 애정을 가지고 이야기했지만, 멜렉나즈가 어디로 사라졌는지에 대해서는 아무도 몰랐다. 캠프의 난민들은 후세인이 죽었다는 소식에 며칠을 두고 애도했지만, 그가 멜렉나즈와 사랑에 빠졌고 당국의 허락을 얻어 그녀를 캠프 밖으로 데리고 나갔다는 사실 말고는 달리 아는 것이 없었다. 캠프를 떠나기 전에, 멜렉나즈는 질란을 안아주면서 자기가 자기만의 집을 가지고 정착하게 되는 날 질란을 데리러 사람을 보내겠다고 약속했다. 그리고는 아기를 데리고 캠프를 떠났다. 이게 그들이 아는 전부였다. 나는 어떻게 해야 멜렉나즈를 찾을 수 있을까 머리를 쥐어짜면서 별별 궁리를 다 해봤다. 마침내, 나는 이 문제를 해결하기 위해서는 아이셀로부터 다시 시작하는 게 최선이라는 결론을 내렸다. 다음 날, 나는 다시 한 번 아이셀이 사는 집의 푸른색 문을 두드렸다. 그 문은 상추로 뒤덮여서 원래의 색을 찾아보기도 어려웠다.

눈먼 사내가 신에게 눈을 하나 달라고 했더니 신이 두 개를 줬다는 얘기는 다들 들어봤을 것이다. 그날은 나한테도 그렇게 운이 좋은 날이었다. 집안에 들어갔더니 후세인의 형 살림이 와서 아이셀과 함께 있었다. 살림은 다음 날 미국으로 돌아갈 예정이라 가족을 만나러 온 것이었다. 두 사람은 은테를 두른 커피잔에 모닝커피를 마시고 있었다. 나는 그 자리에 끼어 앉았다. 집안에는 침울한 정적이 흐르고 있었다. 두 줄로 길게 땋았던 머리를 잘라 오빠의 무덤에 넣은 아이셀은 애도의 표시로 검은색 스카프를 두르고 있었다. 잠시 시간이 지난 뒤 내가 입을 열었다.

아이셀, 나도 이제 하루 이틀 뒤면 마르딘을 떠날 거야. 그런데 그 전에 후세인한테 벌어진 모든 일에 대해 다 알고 싶어. 내가 쓰려는 기사에서 후세인에 대한 기억을 올바르게 기술하려면 이 일에 관련된 모든 사항을 다 알아야만 돼. 네가 아직 오빠를 잃은 슬픔에서 빠져나오지 못하고 있다는 걸 잘 알고 그걸 충분히 존중하지만, 제발, 할 수 있는 이야기가 있으면 다 해줬으면 해. 후세인이 수도원에 가서 그 여자애를 찾아낸 다음에 무슨 일이 있었던 거야?

살림 형은 우리보다 꽤 나이가 든 축이어서, 나는 그의 얼굴을 간신히 기억만 해낼 정도였다. 그는 침울한 표정으로 담배를 피우면서 우리 이야기를 듣고 앉아 있었다.

저 밖에 있는 오래된 고물 녹색 오펠 차 봤어요? 아이셀이 입을 열었다. 후세인 오빠가 타던 거예요. 오빠는 우리 집에서 도망쳐서 수도원에 가 숨어있던 여자를 저 차에 태워서 다시 우리한테 데리고 오고 싶어 했어요. 그 여자가 싫다고 하니까, 오빠는—도대체 무슨 생각을 하고 있었는지 모르겠지만—집에 오면 상추는 전혀 없을 거라고 약속했고, 그제야 그 여자는 오겠다고 했어요. 집에 와서 현관문 위에 매달려 있는 상추를 보자마자 그 여자는 차 안에 앉은 채로 고개를 돌리고는 안 나오겠다고 버텼어요. 엄마는 단순히 상추를 매다는 거에서 그치지 않았어요. 그 여자가 도망치자마자 현관문을 파란색으로 칠하고, 꾸란을 읽는 사람을 데려다가 집안에서 악마를 쫓아내게 했어요. 엄마는 너무나 겁을 먹어서 이 문제에서 벗어날 수 있는 거라면 뭐든지 다 하려고 했어요. 지금도 엄마는 방에서 거의 나오지 않아요. 하루 종일 꾸란을 읽고, 기도하고, '그것 봐라, 내가 옳았지, 그 악마의 딸이 사자 같은 내 아들을 삼켜버린 거다' 이런 말씀만 하세요. 후세인 오빠는 그 여자를 설득하다가 안 되니까 혼자서 들어왔어요. 거기 있어, 들어오지 마, 어머니가 소리를 질렀어요. 오빠는 깜짝 놀랐어요. 어머니가 그 여자가 들어오는 걸 원하지 않는다는 건 알았지만 자기한테도 그럴 줄은 몰랐거든요.

오빠는, 어머니, 제가 제 아버지 집에 들어오는 걸 막으시려는 거예요? 하고 말했어. 아니다 아들아, 어머니가 말했어요. 너는 내 눈 속의 사과야. 하지만 네가 그 여자애를 건드렸거나 그 여자애한테 말을 했다면, 이 집안에 들어오기 전에 먼저 가서 몸을 씻고 오너라.

후세인 오빠는 그 여자는 아무 죄가 없다고, 악마를 숭배하지 않았다고 반발했지만, 어머니는 전혀 들으려고 하지 않으셨어요. 내가 아직도 네 엄마라면, 내가 시키는 대로 하거라, 어머니가 말했어요. 난 이 두 손으로 네 기저귀 천을 빤 사람이고, 네 아기 때의 똥이 아직 내 손톱 밑에 들어 있다. 내가 너를 보살핀 게 이렇게 헛되게 되고 말았구나. 난 너를 축복해줄 수 없다. 오빠는 흔들렸어요. 오빠는 우리 형제들 중에 가장 엄마를 사랑하던 사람이었으니까요. 그러더니 오빠는 아주 깊은 한숨을 내쉬었어요. 오, 그걸 듣고 있는 제 마음을 저 깊은 데서 후벼 파는 한숨이었어요. 그럼 그 아기라도 주세요, 오빠가 말했어요. 애 엄마한테 데려다주게요.

그 불쌍한 것은 잠들어 있었어요. 그 아기에 대해서 제가 가지고 있던 동정심은, 며칠을 같이 지내는 동안 차츰 애정으로 자라났어요. 그 아이를 안아다가 앞문을 통해서 오빠한테 건네줬어요. 그 애 이름이 뭐야, 오빠가 차에 타기 전에 물었어요. 네르기스, 라고 대답하더군요.

저 불행한 아이가 이름은 정말 예쁘네, 하고 말했어요. 어머니가 죽일 듯이 노려보더군요. 후세인 오빠는 아기를 아기엄마한테 넘겨주고는 그 여자 옆에 올라타 차를 몰고 사라졌어요. 어머니는 의연한 태도를 잃지 않으려고 애쓰셨지만, 전 오빠가 다시는 돌아오지 않을 것 같아 겁나는 걸 어쩔 수 없었어요.

다행히도, 제 생각은 틀렸어요. 오빠는 그날 저녁에 돌아왔어요. 걱정 마세요, 어머니, 오빠가 말했어요. 그 여자는 여기 없어요. 저도 모스크에 가서 씻고 왔어요. 이제 마음에 드세요?

그래, 내 아들아, 어머니는 그렇게 대답하면서 오빠를 안아줬어요. 알라께서 널 축복하시길 빈다, 나의 후세인. 너는 항상 내 좋은 아들이었고, 네 두 형이 그런 것처럼 날 놔두고 지구 반대편으로 떠나가지도 않았다. 어머니는 그날 저녁 내내 너무나 기분이 좋으셨어요. 그 여자를 어디에 두고 왔냐고 물어보시지도 않은 채 오빠가 그 여자를 난민 캠프에 다시 놔두고 이제 바른길로 되돌아온 거라고 당신 마음대로 믿어 버리셨어요. 어머니는 심지어 오빠와 사피예를 다시 만나게 할 계획까지 세우기 시작하셨어요. "한창 젊을 때는 이런 일이 일어날 수 있는 거야." 어머니는 그 말씀을 계속 반복하셨어요. "악마가 내 아들을 유혹하려고 했지만, 알라를 찬양할지어다, 내 아들은 다시 자기 자리로 돌아왔구나." 하지만 이건 사실과 거리가 멀었어요. 후세인 오빠는 어머니가 침실로 들어가고 난 후에 저한테 모든 걸 다 얘기해 줬어요.

오빠가 군대에 있을 때 친하게 지내던 동료가 그때 이스탄불에 살고 있었어요. 오빠는 그 친구한테 전화해서 상황을 설명하고 나서 그 여자와 아기를 당분간만 돌봐달라고 부탁했어요. 그 친구는 다행히도 공항에서 그 여자를 픽업해서 나중에 오빠가 찾아올 때까지 돌봐주고 있겠다고 했어요. "아이셀, 난 그 여자를 포기할 수 없어." 오빠는 그렇게 말했어요. "미안해. 하지만 엄마가 싫어한다는 이유만으로 그 여자를 떠날 수는 없어." 오빠가 헤어나올 수 없이 빠져 있다는 게 제 눈엔 분명히 보였어요. 그때 난 우리가 오빠를 잃어버렸다는 사실을 깨달았어요. 그래서 난 울기 시작했는데, 그때만 해도 사정이 그보다 훨씬 더 나빠지리라는 건 몰랐어요.

오빠는 우리하고 같이 이틀을 더 보냈어요. 저로서는 전혀 알지도 못하는 일들을 처리하면서 다녔는데, 오빠 말로는 빚을 정리하고 있는 중이라고 하더군요. 아마 돈을 모아 난민 캠프에 가져다주곤 했고, 그 과정에서 빚을 졌던 것 같아요. 저 밖에 있는 고물차를 보면 아시겠지만, 오빠는 자기 자신을 위해서는 한 푼도 쓰지 않는 사람이었거든요. 친구들한테 작별인사를 하러 다니기도 했겠죠. 구체적으로 뭘 하면서 다니는지 몰랐지만, 아무튼 아침에 집을 나서면 밤이나 돼야 들어오곤 했어요. 사흘째 되는 날 밤, 오빠는 돌아오지 않았어요. 처음엔 별로 걱정하지 않았어요. 친구네 집에서 자고 오나보다 했죠. 전에도 자주 그랬으니까요. 하지만 그게 아니었어요.

그날 밤에 초인종이 울려서 나가보니 우리가 알고 지내던 경찰관이 서 있었어요. 아이셀 양, 당신 오빠한테 문제가 생겼어요, 하면서 병원으로 가자고 하더군요. 어머니가 "오, 알라시여!"라고 비명을 지르더니 스카프를 대충 뒤집어쓰고 저보다 앞서서 문밖으로 달려나가셨어요. 가는 길에 대체 무슨 일이 있었던 거냐고 몇 번이나 물었지만 경찰관들은 아무 대답도 안 해줬어요. 병원에 도착해서 보니까 오빠는 수술을 받고 있는 중이라고 하더군요. 그제야 무슨 일이 있었는지 얘기해 줬어요. 그날 밤에, 오빠가 모스크 앞을 지나 집으로 오고 있는데, 어떤 사람이 갑자기 오빠 뒤에서 튀어나와 알라—우—악바[52]라고 외치면서 총을 쐈다는 거였어요. 그 사람은 오빠가 쓰러진 뒤에도 악마를 위해 알라를 배신한 자에게는 이것이 기다리고 있다, 라고 외치면서 계속 총을 쏜 뒤 달아났다고 했어요.

총소리를 들은 사람들이 오빠한테 달려가 자기가 흘린 피를 뒤집어쓰고 쓰러져 있는 오빠를 응급실로 데려갔어요. 수술은 세 시간을 끌었어요. 그 세 시간 동안 어머니와 나는 몇 번을 죽었다가 다시 깨어났어요.

그러고 나자 온통 녹색 옷을 뒤집어쓴 의사가 나와서 말해 줬어요. 축하합니다, 이제 고비는 넘어섰습니다. 총알 두 발이 몸에 맞았는데 중요한 장기는 비껴갔습니다. 지금은 중환자실로 들어가는데, 내일이면 일반 환자실로 옮길 겁니다. 그때 와서 보실 수 있어요.

어머니와 나는 기쁨의 눈물을 흘렸어요. 알라께서 선생님을 보호해주실 겁니다. 라고 인사를 하면서 의사 선생님 손에 입을 맞추려고 했지만 그분은 그렇게 하지 못하게 했어요. 그분은 아주 좋은 사람이었어요. 우리가 물어보는 질문에 하나하나 다 대답을 해 주고, 우리 마음이 편안해질 수 있도록 해줬어요. 그분은 심지어 중환자실 유리창을 통해서 오빠를 볼 수 있게 해주기도 했어요. 불쌍한 오빠는 의식이 없는 상태에서 유령처럼 창백한 모습으로 코에는 튜브를 꽂고, 양팔에는 백을 주렁주렁 매단 채 누워 있더군요. 총알 한 발은 어깨에, 다른 한 발은 왼쪽 팔에 맞았다고 했어요. 경찰도 그때까지 병원에서 기다리고 있다가, 마르딘에 있는 아이시스의 지지자들이 이 일의 배후에 있는 것 같다고 말해줬어요. 예지디 여자와 더군다나 이슬람으로 개종하는 걸 거부한 예지디 여자와 결혼하려고 했다는 게 이유였어요. 아이시스의 입장에서 보자면 예지디들은 노예나 첩만 될 수 있어요. 경찰이 범인을 잡았어요. 마르딘 근처의 마을에 사는 이드리스라는 젊은 애였어요. 그 애는 자기가 한 짓에 대해서는 전혀 뉘우치지 않으면서, 오빠를 죽이지 못한 게 유감일 뿐이라고 하더군요. 그 애는 진술서에 오빠가 한 짓은 신성모독이고, 그래서 반드시 처벌받아야만 한다고 썼어요. 그리고 알라의 적에 대한 처벌은 단 하나, 죽음밖에 없다고도 썼어요. 경찰 말로는 그 애가 유치장의 철장을 흔들면서 이렇게 소리 질렀다고 하더군요. 우리네 전사 중 하나가 이 일을 마무리 지을 것이다, 아무도 우리를 막을 수 없다, 칼리프 국가는 알라의 칼이다.

어머니는 이 말을 전해 듣고 더 서럽게 우셨어요. 어머니는 경찰관한테 그렇게 말했어요. 우린 훌륭한 무슬림 가족이에요, 우리 집안에는 율법 교사도 많고 하지[53]를 한 사람도 많아요. 내 아들은 충실한 신자예요. 저 사람들은 왜 그런 거짓말을 하는 거예요? 경찰은 우리의 신앙을 의심하는 사람은 아무도 없으니 걱정 말라고, 엘함둘릴라[54], 우린 모두 다 무슬림이라고 하면서 어머니를 진정시키려 애썼어요. 그러면서 덧붙였어요. 아주머니 아들이 그 여자의 먹잇감이 된 것만 아니라면 말이죠, 라고요

그 여자가 눈이라도 멀게 되길, 그 악마가 우리한테 한 짓을 보세요! 어머니가 저주를 퍼부었어요. 가서 그 아이시크들한테 전해 주세요. 아드비예 아줌마의 아들은 뼛속까지 무슬림이라고, 가서, 다시는 내 아들을 건드리지 말라고 전해 주세요.

어머니는 몇 번이나 그게 아니라고 교정을 해드려도, 항상 아이시스 대신 아이시크라고 말하곤 했어요. 우린 한 글자 한 글자 설명해 드리곤 했어요. 이라크와 시리아의 이슬람 공화국이라서, 여기서 알파벳 앞머리 한 자씩 따와서 아이시스가 된 거라고. 그러면 어머니는 그래서 내가 아이시크라고 말하지 않니! 라고 화를 내시곤 했죠. 어머니는 새로 배운 단어들 발음을 이상하게 해서 우릴 웃기곤 했어요. '캐비닛'은 '해비넷'이라고 하셨죠. 어머니는 사실은 아이시스가 뭔지 이해를 못하셨어요. 알라께서 그 아이들에게 진실한 길을 보여주시기를, 이라고 늘 기도하시곤 했죠. 우리 종교에는 다른 사람의 자유의지를 억압하는 따위는 없어요. 목을 자르는 그따위 짓도 물론 없고요. *토바 토바.*[55] 우리 어머니가 아는 유일한 이슬람은 기도하고, 금식하고, 순례를 하고, 가난한 자를 돕는 이슬람이었어요. 이제 그 연세가 되셨는데, 상황이 이런 식으로 변했다는 걸 보시게 할 수가 없었어요. 사실은 그래서, 어머니는 아이시스가 이슬람의 이름으로 사람들의 머리를 자른다는 사실을 믿은 적이 한 번도 없어요. 불신자들이 꾸며낸 이야기라고 하시곤 했죠. 하지만 그 '아이시크'가 당신 아들을 쏘자, 그자들은 당신 장부에 곧장 '그 악마들'로 바뀌어 적혔어요.

오빠는 한 주 뒤에 퇴원했어요. 우린 집에서 왕자를 돌보듯이 오빠를 돌봤어요. 오빠가 좋아하는 메프투네 같은 음식들을 만들어서 침대까지 가져다줬어요. 하지만 오빠는 뭘 갖다 주든 거의 건드리지도 않았어요. 우리는 오빠가 쇠약해져 가는 걸 보면서 울었어요. 어머니는 그 모든 걸 습격을 받은 탓으로 돌렸지만, 전 그것도 그거지만 그게 그리움 때문이기도 하다는 걸 알고 있었어요. 오빠는 멜렉나즈한테서 그렇게 오래 떨어져 있는 걸 견딜 수 없었던 거예요. 오빠는 그 여자를 다시 만나는 걸 고대하고 있었어요. 사랑하는 오빠, 내 눈 속의 사과 같은 사람, 제발 그러지 말아요, 나는 애원했어요. 다른 한편, 오빠를 습격했던 그 애가 장담했던 말, 자기가 시작한 일을 다른 자들이 마무리 짓고야 말 거라는 말을 생각할 때마다 공포가 점점 더 커졌어요. 어머니는 부적을 마련해두고 율법 선생들을 모셔다가 기도를 드렸지만, 그것만으로 만족하지 못하고 심지어는 이웃에 사는 아시리아 사람들의 도움을 받아서 그 사람들 교회에 들어가 촛불을 밝혀놓고 성모 마리아한테 빌기도 했어요. 어머니는 밤낮으로 성모 마리아에게 기도했어요. "어머니 마리아시여, 사람들이 당신 아들에게 끔찍한 짓을 했었지요, 그러니 당신은 내 고통을 이해할 수 있을 겁니다. 간절히 애원합니다, 제 아이를 구해 주세요." 여전히 어머니는 이 모든 일이 그 악마의 딸 때문에 닥친 일이라고 믿고 있었어요. 엄마와 딸, 우리 두 사람은 할 수 있는 일이 아무것도 없었어요.

미국에 사는 두 오빠가 이 일에 대해서 들었어요. 우린 처음에는 알리지 않으려고 했는데, 이웃하고 친구들을 통해서 오빠들 귀에 들어갔던 모양이에요. 살림 오빠는 처음에는 이런 일을 자기한테 알리지 않았다고 엄청나게 화를 내다가, 나중에는 후세인 오빠를 자기한테 보내야 한다고 말했어요. 비행기를 탈 수 있을 정도로 몸이 회복되는 순간 바로 보내라고 했어요. 제발, 살림 오빠가 말했어요, 한시도 미루지 마세요. 너무나 위험해요. 제가 그 애 비행기 표를 보낼게요. 여기서 치료를 받도록 주선을 할게요. 그렇게 안 하면 그놈의 아이시스들 손에서 절대로 구해내지 못할 거예요. 그놈들은 그 불쌍한 애를 어떤 식으로든 해치울 거예요.

그 얘기를 듣고 나서 어머니는 안도의 한숨을 쉬었어요. 어머니는 항상 후세인 오빠한테 다른 두 오빠가 당신을 놔두고 지구의 반대편으로 떠나버렸다고 불평을 하셨더랬지만, 이제는 그 두 오빠 살림과 압둘라를 위해 기도하시기 시작했어요.

하지만 후세인 오빠한테 이 계획을 이해시키는 건 쉽지 않았어요. 오빠는 계속해서 저한테 자기는 절대로 멜렉나즈를 놔두고 미국으로 떠날 수 없다고 말했어요. 저는 오빠한테 일단 먼저 미국으로 가서 지내다가 나중에 멜렉나즈를 불러들이면 되지 않겠느냐고 설득했어요. 알라께서 오빠를 보호하시기를, 저는 이렇게 말했어요, 만약 그 사람들이 오빠를 죽이면, 오빠는 멜렉나즈와 그 아기한테 아무 도움이 못 될 거야.

살림 오빠는 가능한 한 빨리 여권을 신청하고, 친척이 됐든 지인이 됐든 수속이 빨리 진행되도록 도와줄 수 있는 사람을 찾아서 도움을 구하라고 말했어요. 살림 오빠는 비자가 빨리 나올 수 있게 자기가 초청장을 보내겠다고 했어요. 오빠는 잭슨이라는 데서 매일 전화를 해서 서류 수속을 빨리 시작하라고 재촉했죠. 멜렉나즈는 터키로 망명을 온 시리아인이었기 때문에 난민 신분증만 가지고는 이 나라를 떠날 수가 없었어요. 하루는 제가 압둘라 오빠하고 통화하다가, 엄마하고 나는 별 얘길 다 했지만 아무 소용이 없었으니, 제발 후세인 오빠를 직접 설득해 보라고 부탁했어요. 살림 오빠와 압둘라 오빠가 후세인 오빠하고 길게 통화를 했어요. 두 오빠는 이런 말로 후세인 오빠를 설득했어요. 일단 네가 이리로 와서 우리랑 같이 일을 하면서 그 여자와 아기를 데리고 올 수 있는 수속을 시작하자. 그러면 결국엔 너희 셋이 여기서 평화롭게 살 수 있게 될 거야. 두 오빠는 그렇게 해서 마침내 후세인 오빠를 설득할 수 있었어요.

그때 나도 스피커폰으로 세 사람의 대화를 듣고 있었는데, 후세인 오빠는 거기 사람들도 에지디에 대해서 적대적인지를 물었어요. 두 오빠는 그렇지 않다고 대답했죠. 오빠들은 여긴 미국이야, 어떤 신앙을 가지고 있는 누구든 자유롭게 살 수 있어, 여긴 거기 같지 않아. 아무도 다른 사람 일에 참견하지 않아, 여긴 자유의 나라야. 두 오빠 말은 확신에 차 있었어요. 두 오빠는 가능한 한 빨리 멜렉나즈와 아기를 데리고 오겠다고 약속했고, 아기의 눈도 미국에서 수술을 받게 하는 게 나을 거라고 말했어요. 불쌍한 후세인 오빠는 점점 더 희망을 가지게 됐고, 마침내 대답했어요. 알았어요, 그리로 갈게요, 형.

어머니와 난 너무나 기뻤어요. 여기에는 우리 둘만 남아 세 오빠를 끔찍하게 그리워하게 될 거라는 건 알았지만 말예요. 하지만 후세인 오빠가 생명의 위협에서는 벗어나게 되는 거니까, 그게 제일 중요했어요. 우리 친척들과 친구들이—알라께서 그들에게 도움으로 보답해 주시기를—도와줘서 여권을 빨리 얻을 수 있었어요. 오빠들이 보내준 초청장 덕에 비자도 빨리 나왔고요. 두 오빠가 잭슨이라는 데에서 피자 식당을 하고 있었기 때문에 초청자로서 좋은 위치에 있다고 그랬어요. 그래서 후세인 오빠는 비자를 쉽게 받은 거죠. 일이 진행되는 동안 후세인 오빠의 팔은 아직 좀 뻣뻣하긴 했지만 거의 완전히 회복됐어요. 마침내 오빠가 떠나게 되는 날, 오빠는 울고 있었어요. 어머니는 오빠가 걸어간 자리에 물을 뿌렸고, 물론 우리도 울었어요. 그때, 집을 떠나면서 후세인 오빠가 이상한 말을 했어요.

"어머니가 절 다시 어머니의 자궁 속에 넣어 감춰주신다고 해도, 어머니는 이제 절 보호해주실 수 없어요."

우리는 그게 무슨 뜻인지 몰랐어요. 이제 와서 생각해 보면 오빠가 자기 운명을 예견했던 게 아닌가 싶어요. 그러고 나서 오빠는 떠났어요. 오빠는 우선 이스탄불로 가서 그 여자를 만났고, 거기서 미국으로 갔어요. 그렇게 된 거예요.

미국, 미국

아이셀이 이 이야기를 하는 동안 아몬드 같은 그녀의 눈에서는 끊임없이 눈물이 흘러내렸다. 듣고 있는 내 마음에도 짙은 멍이 들었다. 그 이야기를 듣는 동안 비지에르의 이야기가 떠올랐다. 죽음의 신 아즈라엘을 피하기 위해 바그다드에서 사마르칸트까지 도망쳤던 사내. 사마르칸트에서 비지에르를 찾아낸 아즈라엘은 그에게 이렇게 말했다. 그의 목숨을 취하기 위해 바그다드까지 갈 뻔했던 수고를 덜어줘서 고맙다고. 후세인 또한 집을 떠나 '잭슨'—그건 플로리다 주의 잭슨빌을 말하는 것이었다—으로 갔을 때, 죽음의 팔 속으로 곧장 뛰어든 것이었다. 나는 후세인의 형인 살림과 압둘라에 대해 어린 시절의 아주 희미한 기억만 가지고 있을 뿐이다. 두 사람은 마르딘을 떠난 후 미국으로 갔다. 두 사람은 처음에는 시카고에 테이크아웃을 주로 하는 피자가게에서 일했다. 상황이 어려웠지만, 두 사람은 재빨리 일을 배웠다. 그 후에 두 사람은 잭슨빌로 옮겨서 직접 피자 가게를 열었다. 두 사람은 결혼을 했고, 가족을 일궜다.

마르딘에 사는 사람들은 그 두 사람이 TV나 영화에서나 보던 것 같은 아메리칸 드림을 이룬 거라고 생각해서 모두들 부러워한다. 마치 너는 그들을 부러워하지 않은 것 같군, 나는 스스로를 꾸짖었다. 이스탄불의 그 혼잡 속에서 매일 매일 들어오는 신선한 폭력 사건들의 뉴스에 파묻힌 채 그 이기적이고 인정사정없는 여자한테 위자료나 물면서 사는 주제에(내년에는 임금인상이 좀 있으려나, 나는 궁금해하고 있다. 경영진에서는 올해 적자라서 임금인상이 없을 거라고 하면서 지금 상태에 만족하지 못하는 사람은 언제든지 관둬도 좋다는 말을 시시때때로 흘리고 있다. 하지만 나가면 어디로 간단 말인가, 이 실업대란의 와중에!), 폭탄 테러가 있을까 봐 무서워서 쇼핑센터 같은 데는 가지도 못하고, 극장에 영화 보러 가는 것도 꺼리면서 사는 주제에. 이것도 인생이라고 부를 수 있을까? 이븐 할둔이 옳았어, 나는 생각했다. "지리학이 곧 운명이다"라는 그의 말은 정곡을 찌른 것이었다. 미국에서 태어난 사람들이 나날이 번성하는 평화로운 인생을 사는 동안, 여기 사는 우리의 운명은 *하레세*에 의해 질질 끌려가고 있었다. 우리는 먹는 내내 피를 흘리고, 피가 흐르는 한 계속 먹으면서 자기 자신의 피에 익사당하는 저 낙타들의 신세와 같았다.

그리고 그때 나는 저 가엾은 후세인에 대해 생각했다. 어쩌면 우리 모두는 자기 운명을 자기 몸이 가는 대로 끌고 다니는 건지도 몰라, 나는 혼잣말로 중얼거렸다. 콘스탄틴 카바피스[56]가 말한 대로, "네 도시가 너를 따라다닌다." 후세인은 자신의 중동적 운명을 미국에까지 가지고 갔던 것일까? 마르딘은 나 역시 미치게 만드는 것 같다. 이곳에서 통용되는 그 모든 형이상학적 말들은 가장 건조하고 멀쩡한 정신을 가지고 있는 이들조차 신비주의자로 바꿔놓기에 충분할 정도다. 넌 더 이상 똑바로 생각하지도 못해, 나는 스스로에게 말한다, 건강한 사고의 능력을 잃어버렸고, 머릿속에서는 현실과 환상이 온통 뒤섞이고 있어, 넌 괴상한 질문만 계속해서 떠올리고 있어. 시리아가 내전으로 빠져들어 가지 않았더라면, 전 세계가 그 문제에 끼어들지 않았더라면, 아이시스가 생산해내는 기름을 누구도 사들이지 않았다면, 그랬다면 이 모든 일들은 멜렉나즈와 질란과 네르기스한테 일어나지 않았을 것이다. 그들은 살던 데서 결혼을 했을 것이고, 마을을 떠나지 않은 채 거기서 아이들을 낳고 평생 살았을 것이다. 삼백만 명에 이르는 난민들이 터키로 넘어오지 않아도 됐을 것이다. 후세인이 멜렉나즈를 만날 일도 없었을 것이다. 사피예와 결혼해서 마르딘에서 계속 인생을 꾸렸을 것이다. 이 세계가 선입견으로 가득 차지 않았더라면 공작새나 사랑하던 순진한 사람들이 악마 숭배자로 불리는 일은 없었을 것이다… 하는 따위의 것들.

이런 식으로 이어진 생각들은 물론 나를 어디로도 이끌고 가지 못했지만, 나는 멜렉나즈를 직접 만나봐야만 이 엉망진창으로 뒤엉킨 상황을 정리할 수 있는 열쇠를 얻게 되리라는 확신에 점점 더 광적으로 사로잡히게 되었다. 나는 이따금 그 부드러운 손수건을 꺼내 한 귀퉁이에 검은색과 붉은색으로 수 놓여 있는 공작새를 만져보곤 했다. 그게 내 희망을 이뤄줄 거라고 믿기라도 하는 것처럼.

살림은 신중한 태도의 사내였다. 그는 깊은 슬픔 속에서 아이셀이 하는 말에 끼어들지 않고 가만히 듣고만 있었다. 그동안 지나간 긴 세월이 두 오누이 사이에 건너기 힘든 골을 새겨놓은 것 같다는 느낌이 들었다. 시간과 공간의 벽이 두 사람을 갈라놓고 있었다. 아이셀은 그를 향해 부끄러워하는 듯한 눈길을 이따금 보냈다. 어쩌면 아이셀은 후세인을 미국으로 부른 두 오빠를 마음속으로 비난하고 있었던 건지도 모르겠다. 누구나 자기 고통을 가라앉히기 위해 비난할 만한 다른 사람을 찾지 않는가? 살림은 그다음 날 미국으로 돌아갈 예정이었다. 동생의 시신을 가지고 와서 장례를 치르고 난 지금, 그로서는 더 이상 여기에서 할 수 있는 일이 없었다. 나는 그를 공항까지 데려다주겠다고 했다. 괜찮으시다면 제가 모셔다드리죠, 사진기자하고 저도 어차피 이스탄불로 돌아가는 길이에요, 그렇게 말하면서 나로서는 부담될 게 없는 일이라고 강조했다. 가는 동안 그와 이야기를 해보고 싶다는 심산이었다. 살림은 그렇게 하자고 했다.

살림이 기억하다

어머니하고 아이셀한테 그 세부적인 일들을 다 설명할 수는 없었어, 이브라힘. 그 얘길 다 들으면 견디기 어려웠을 거야. 심지어 나 같은 남자도 그 생각을 너무 하고 있다 보면 제정신을 잃을 것 같을 때가 있거든. 일부러 돼지 피를 묻힌 칼이라니, 생각을 해봐, 그게 대체 무슨 도착증이냐 말일세. 이 칼은 돼지 피에 담갔던 칼이라고 소리를 지르면서 사람을 찌르다니? 이런 일이 있을 줄 알았더라면 내가 걔를 미국으로 데리고 왔겠어? 차 안에서 담배 피우는 거 싫어할지도 모르는데, 미안해. 하지만 어쩔 수가 없네. 미국에 있을 땐 끊었었는데, 거긴 요새 담배 피우는 사람 별로 없거든. 그런데 이 끔찍한 일 겪고 나서 다시 피우게 됐어. 우린 잭슨빌에서 조그마한 피자 가게를 하나 하고 있어. 미리 얘기하지만 특별한 거라고 생각하지 말아줘. 길거리 코너에 있는 건데, 거기가 범죄율이 높은 데야. 그러니까 임대료가 싸지. 주로 동네 사람들이 오는 데고, 그러다 보니까 친구처럼 가깝게 지내는 손님들도 꽤 있지. 나도 자세한 이야기는 그 사람들한테서 들었어.

후세인을 죽인 그 미치광이 두 놈은 지금 감옥에 있어. 그놈들은 흑인, 남미인, 아시안들을 배척하는 백인 우월주의자 그룹, 파시스트 그룹 소속이야. 독일하고는 관계도 없는 백인들인데도, 지금은 기억도 안 나지만 하여튼 독일식 이름을 가지고 있는 놈들이었어. 완전히 세뇌된, 히틀러 추종자들이지. 원래 모든 외국인을 증오하는 놈들이지만, 최근 들어서는 특히 무슬림들을 싫어하지. 둘 중 한 놈의 형이 이라크에서 죽었다고 하던가. 아무튼, 그래서 무슬림에 대한 증오가 더 커졌지. 그 그룹은 숲속에 들어가서 훈련을 받아. 파시스트 찬가 같은 노래들을 부르고, 온갖 것들을 다 배우지. 난 그자들을 여태 한 번도 본 적이 없어. 이제 재판이 시작되면 그 저주받을 놈들의 얼굴을 처음 보게 되겠지. 우린 변호사를 고용했어. 그놈들한테 법정최고형이 선고되도록 노력할 거야. 오, 그놈들을 전기의자에 앉힐 수만 있다면. 이런 일을 겪은 적은 한 번도 없었어. 전에도 유리창이 깨진 적은 몇 번 있고, 약에 취한 어린 애가 강도질을 하려고 시도했던 적은 있었지만, 그때마다 사귀어 놓은 경찰관들 도움도 받고 해서 큰 피해 없이 지나갈 수 있었어. 후세인이 처음 왔을 때, 우리 집에 같이 있었어. 내 아내는 미국 여자고 애가 셋 있지. 좀 지나고 나서 후세인은 가게에 나와서 일을 배우기 시작했어. 영업이 끝난 다음에 테이블과 의자, 바닥을 닦는 청소 일을 주로 했고, 그 일을 다 마치고 나면 문을 닫고 집으로 오곤 했어. 우린 그 애한테 그럴 필요 없다고, 좀 더 쉬다가 영어 수업이나 들으러 다니라고 했어. 그러다가 여기 생활이 좀 익숙해질 때쯤 노동허가증을 받아주고 병원 쪽에 일자리를 알아봐 주겠다고. 그런데 그 애는 그런 말 다 안 듣고 그냥 식당에서 일하고 싶어 했어. 그리고 그렇게 일을 해가는 동안 영어 실력을 키우려고 노력했지. 후세인은 내 아내, 아이들하고 영어로 대화하려고 애를 많이 썼어. 실수를 할 때마다 아이들이 웃으면 자기도 같이 웃어가면서 말이야. 이브라힘, 우리 후세인이 어떤 애였는지 알잖아, 따뜻하고, 그야말로 천사 같은 애였지. 우리가 처음 미국에 갔을 때만 해도 미국에서 무슬림들에 대한 특별한 악감정은 없었는데, 9/11 이후에 상황이 아주 안 좋아졌어. 그리고는 그 미치광이 폭탄 테러범들, 자살폭탄 테러범들, 그 살인자들, 그자들이 그 모든 걸 더 고약하게 만들었지. 우린 우리가 아는 모든 사람들한테, 이자들은 다 미치광이들이고 이슬람과는 아무 관계도 없다고 말했지만 아무도 그다지 설득되는 것 같지 않았어. 어쩌면 우리 두 형제의 아내들을 포함해서. 테러 공격이 있을 때마다 우린 그럴 이유가 전혀 없는데도 일종의 죄의식을 가지고 집에 돌아오곤 했어. 마치 그 악마들의 행위에 대해 우리도 책임이 있는 것처럼 말이야! 내 아내 마가렛은 내가 어떤 사람인지 아니까, 날 위로하기 위해, 그러니까 이슬람에도 여러 가지 종류가 있는 거로군, 전부 다 똑같지는 않은 거야, 이렇게 말하곤 했어. 하지만 우린 다른 사람들한테도 그걸 이해시키지는 못했어. 거기에 아이시스가 나타나면서 사정은 훨씬 더 나빠졌어. 그놈들이 미국과 유럽의 기자들을 참수시키고, 비행기 조종사를 산 채로 불태우고, 그걸로 모자라서 그 모든 걸 비디오로 공개하고… 이런 건 다른 사람들과 마찬가지로 무슬림들한테도 참기 어려운 거였어. 내 불쌍한 동생도 그놈들 총알에서 벗어나지 못했지. 아무튼, 이제 미국 안에도 평화는 없어. 우린 모두 불안에 떨고 있어. 여기도 마찬가지지. 더 나쁜 거 같기도 하고. 이제는 이 세상 어느 구석엘 가도 평화란 걸 찾을 수 없게 됐어…

그날 밤엔 식당이 잘 됐어. 그래서 마지막 손님이 나가고 난 다음에 문을 닫고 나서 버드 한두 캔씩 했어. 하루 종일 열심히 일하고 나서는 역시 버드가 제격이지. 무슨 일이 기다리고 있는 줄도 모르는 채, 우리 셋은 다 기분이 좋았어. 그날 낮에 알제리 사람이 손님으로 왔는데, 후세인이 우리 피자에는 돼지고기가 들어 있지 않다는 걸 설명한답시고 거기에 '돼지' 가 들어 있지 않다고 말해서

176

압살롬과 나, 그때 그 자리에 있던 미국인 손님들이 모두 웃던 걸 떠올리면서 웃었어. 후세인이 미소를 지으면서 그럼 어떡하라고, 난 무슬림인데, 하고 말하던 걸 떠올린 거지. 그날 저녁에 그 얘길 하면서 돼지pig와 돼지고기pork의 차이를 설명해 줬고, 후세인은 다음에는 제대로 말할 거라고 했어. 그러고 나서 압둘라와 난 자리를 떴지. 항상 그래왔듯이, 후세인은 청소를 하고 문단속을 한 뒤에 집으로 올 예정이었어.

집에 와보니 아이들은 이미 자고 있었어. 마가렛은 깨 있었지. 내가 돌아올 때까지 항상 깨서 기다리거든. 우린 잠깐 이야기를 나눴어. 가게가 조금씩 잘 되고 있다는 얘기를 내가 해 줬고, 그러고 나서 잠자리에 들 준비를 하는데 전화벨이 울렸어. 경찰인데 후세인이란 사람을 아느냐더군. 지갑에서 신분증과 피자가게 명함이 나왔다는 거야. 물론입니다, 제 동생인데요, 무슨 일입니까, 그렇게 대답했더니 곧 청천벽력 같은 소리가 돌아왔어. 즉시 병원으로 가라고. 마가렛은 아이들을 데리고 집에 남았어. 차에 뛰어올라 병원으로 가는 길에 압둘라한테 전화를 했어. 그런데 병원에 도착했을 땐 이미 너무 늦었어! 그 사람들이 후세인, 우리 동생의 시신을 보여줬어. 경찰이 오더니 신원확인을 해달라고 했어. 그 죄 없는 창백한 피부, 핏기가 가신 얼굴을 보는 게 너무 힘들었어. 경찰과 의사들, 그리고 간호사들 모두 우릴 잘 배려해 줬어. 평소에 친하게 지내던 경찰관도 거기 와 있었는데, 우릴 경찰서로 데려가서 우리 증언을 들었어. 우리가 아는 대로 얘기해 줬더니 거기 경찰관들도 무척 분노하더군.

잊어버릴 뻔했는데, 이런 일도 있었어. 그 응급실 의사가 인도사람이었는데, 후세인이 숨을 거두기 전에 몇 마디 말을 남겼다고 하더군. 그런데 자기는 무슨 말인지 알아들을 수가 없으니까 얼른 자기 전화기를 꺼내서 녹음을 남겼어. 그걸 우리한테 들려주면서 무슨 말을 한 거냐고 묻더군. 후세인은 이 말을 두 번 되풀이했어. "한때는, 나는 사람이었다." 그 사람들 말로는 이 말을 여러 번 더 되풀이했는데 녹음을 하지는 못했다더군. 거기에, 내 불쌍한 동생이, 쉰 소리로, 자기가 사람이었다는 얘기를 우리한테 하고 있었어.

그 후에, 압둘라하고 이 이야기를 많이 했지만, 이해할 수가 없었어. 왜 그런 말을 했는지, 그리고 왜 과거형으로 말했는지. 경찰관들을 우리 가게로 데리고 가서 보안 카메라의 내용물을 넘겨줬어. 나중에 보니까 가게 인근 지역에 설치된 카메라들의 내용물도 모두 확인을 해봤더군. 경찰은 그렇게 해서 두 사내의 모습을 찾아냈어. 보여달라고 했지만 보여주지는 않고 사건이 벌어진 경위를 말로만 전해 주더군.

후세인은 식당 문을 닫고 나서 골목길을 걸어가다가 거기 숨어 있던 두 남자로부터 습격을 당했어. 그자들은 후세인한테 한두 마디를 던지고 나서 배를 찔렀어. 그리고는 후세인이 쓰러지고 난 뒤에도 계속해서 찔러댔어. 그자들이 자백한 바로는 후세인을 식당에서 봤다는 거야. 그러니까, 후세인은 손님한테 당한 거야! 그자들은 가게에서 후세인이 무슬림이라는 걸 알게 됐는데, 그자들 말로는 후세인이 자기가 무슬림이라는 걸 과시하면서 이슬람을 선전했다는 거야. 그래서 본보기로 후세인을 손보기로 했다는 거지. 그자들은 후세인을 찌르기 전에 칼에 돼지 피를 묻혔어. 그리고 그 칼로 찌르기 전에 그 사실을 후세인한테 말했어. 돼지 피로 인해 죽는 거기 때문에 너는 천국에 갈 수 없을 거라고. 돼지! 돼지! 그자들은 후세인을 찌르면서 그렇게 소리 질렀어. 조사를 마치면서 그자들이 그랬대, 전혀 미안하지 않다고, 미국에서 모든 무슬림을 몰아내는 날까지 싸울 거라고. 이브라힘, 이 일을 계속 생각하다가는 나도 미쳐버릴 것 같아. 아이시스가 저질러 놓은 일을 이 자들, 본인들은 스스로를 뭐라고 부르는지 모르겠지만, 이 파시스트 쓰레기들이 마무리한 거야. 극단주의 무슬림과 철십자를 내세운 나치들이 합작해서 살인을 저지른 거야. 도대체 세계적으로 이런 일이 있었던 적이 있나? 왜 이런 기괴한 살인이 하필이면 우리한테 벌어진 거지? 시체 안치소에 누워 있는 후세인의 그 천진한 표정을 봤더라면 너도 가슴이 찢어졌을 거야. 넌 기자니까, 이 일을 모든 사람들에게 좀 알려줘. 네 친구한테 일어난 이 일을 모든 사람들이 알 수 있도록 해 줘. 제발 부탁이야. 이 세상이 얼마나 미쳐버렸는지 모든 사람이 알게 해줘. 미안하다. 내가 지금 제정신이 아냐. 널 골치 아프게 만들었을 뿐 아니라 연기

속에 잠겨서 기침까지 하게 만들었구나. 후세인한테 그 일이 있고 나서는 담배에서 위안을 찾게 되는 거 같아. 내 아내도 싫어하고, 애들 앞에서는 아예 못 피우게 하는데, 하지만… 어쩌겠어.

멜렉나즈를 향한 여행

동정은 잔인함으로 생긴 상처를 아물게 하지 못한다

　이스탄불로 돌아온 뒤, 내 마음은 이 이야기들 속에서 혼란에
빠져 있었고 속에서는 불안이 점점 커지고 있었기 때문에, 생각을
정리하거나 일에 집중할 수도 없었다. 내 몸은 이스탄불로 날아왔지
만, 내 영혼은 아직 마르딘에 남아 있었다. 아무리 발버둥을 쳐도,
병 속에 들어 있는 파리처럼, 여전히 남아있는 메소포타미아적 분위
기로부터 벗어날 수가 없었다. 돌과 태양과 향신료와 이야기와 잔인
한 시간과 사막의 신비가 나를 장악하고 있었다. 내가 내 내면을
들여다볼 때 보이는 건 이것들이었다. 나 자신이 아니라. 멜렉나즈
를 찾아내고, 보고, 말을 해야 한다는 생각이 강박이 되었다. 나는

밤낮으로 그녀에 대해 생각했다.

그 여자의 사진 한 장 본 적 없으면서 이렇게 빠져 있으니, 이게 정신 나간 소리처럼 들린다는 건 안다. 그렇다, 나는 문자 그대로 그녀에게로 끌려가고 있다. 어떤 때는 그녀를 찾으려는 온갖 시도를 '사랑의 중심을 향한 추구'라고 이름 붙이면서 스스로를 비웃기도 한다. 사실 이건 사랑이라기보다는 내 기자 본능에서 비롯된 무언가에 가깝다. 그렇긴 하나, 이게 때때로 그 차원을 넘어서곤 하는 것 같다는 사실 또한 속일 수는 없다. 나는 후세인이 되어가고 있었던 건가? 이런 식으로 스스로를 비웃는 일도 별 도움이 되지 않았다. 조바심 때문에 먹고 마시는 것의 맛도 제대로 느끼지 못할 지경이었다. 친구들과의 대화는 별 의미 없는 짓 같았다. 내가 몸담고 있는 저널리즘이라는 것도 우스꽝스러워 보였다. 한 번도 본 적이 없는 여자한테 그토록 이끌리기로는 아마도 내가 전 세계에서 유일한 사람이었을 것이다. 동쪽의 사막 지역에 전해 내려오는 전설에 따르면, 수염이 허연 성자가 자신이 선택한 자의 꿈에 들어가 그 안에 한 여자의 형상을 심어놓는다고 한다. 사랑의 불길이 안에 지펴진 이 선택받은 자는 그 사랑하는 이의 형상을 영원토록 찾아다니게 된다는 것… 내 경우는 그것과 많이 달랐다. 나는 꿈속에서조차 그 여자의 얼굴을 본 적이 없고 그 여자가 어떻게 생겼는지도 모르지만, 끊임없이 그녀에 대해 생각했다. 생각할수록 이상한 일이었다. 남자와 여자가 서로에게 이끌리게 하는 것들, 페로몬, 향기, 피부와 피부의 접촉, 개성, 태도, 행동방식, 목소리, 미소, 눈길, 신체적 외형, 내적 아름다움, 정신적인 호응도 등 그게 뭐가 됐든, 내 경우에는 그 어느 것도 가능하지 않았다. 어쩌면 나는 내가 들은 이야기 자체에 빠졌던 건지도 모르겠다. 그래, 그 이야기, 그 문화, 그 역사에 매혹되었던 거다. 그런데 과연 이야기 때문에 반한다는 게 가능한가? 지금 널 보면 그것도 가능하다고 봐야지, 나는 스스로에게 말했다. 멜렉 나즈를 찾아야 한다는 요구는 항시적인 것이어서, 마치 치료되지 않은 치통처럼 항상 내 안에 잠복하고 있다가 수시로 튀어나왔다. 내가 만약 메소포타미아에 만연한 미신을 믿었다면, 나 역시 악마가 내 영혼을 장악하고 있다고 생각했을는지도 모르겠다. 어쩌면 나도, 원래 살던 아파트는 전처한테 넘겨주고 나서 세를 얻어 살고 있는 시한기르 지역의 작은 아파트 문짝에 상추를 매달아 놓아야 하는 건지도 모르겠다. 밤색 문짝도 푸른색으로 칠해야 할까? 바로 맞은편 집에 살고 있는 아파트의 관리인과 이웃들은 뭐라고 생각할까? 특히 그 상추! 저 기자라는 자가 맛이 갔다고 생각하면서 경찰을 부를까? 나는 이런 생각들로 스스로를 놀리면서 기분을 좀 가볍게 해 보려고도 했지만 그것도 별 효과가 없었다. 아무래도 이 강박을 떼어낼 수 없는 것 같았다. 그 생각은 덩굴옻나무처럼 위험하고 끈질기게 뿌리를 내리고 있었다.

멜렉나즈와 그녀의 눈먼 아기는 여기 이스탄불에 살고 있었지만, 천오백만 명에 달하는 사람들 중에 무슨 수로 그 둘을 찾아낼 수 있을 건가? 후세인이 어느 친구한테 멜렉나즈를 맡겼는지, 주소나 전화번호, 하다못해 이름이라도 받아놓은 게 있는지 아이셀을 들볶아봤지만, 아이셀은 아는 게 전혀 없었다. 나는 막다른 골목에 와 있고, 거기엔 어떤 실마리도 남아 있지 않았다. 어쩌면 네르기스를 통해 멜렉나즈한테 접근할 수 있을 것 같기도 했다. 그 아기는 의료진의 도움을 필요로 하는 아이니까 네르기스라는 이름을 가진 눈먼 아기를 찾는 게 멜렉나즈를 찾는 것보다 더 쉬울 것 같았다. 그 아기는 어디 있을까? 만약 그 애가 누군가의 가정집에 맡겨져 있다면 그 애를 찾는 건 거의 불가능하겠지만, 병원, 미아 수용소, 고아원, 난민 센터, 위탁 가정, 인도주의적 지원 센터 같은 곳에 수용되어 있을 가능성도 있었다. 이스탄불에 오는 즉시 네르기스를 의사에게 보였다면 이런 장소들 중 한 곳에 수용되어 있을 가능성이 컸다.

나는 이런 종류의 장소들에 대해서 잘 알고 있는 니할에게 도움을 청하기로 마음먹었다. 니할은 우리 신문사의 보건 섹션에 글을 쓰고 있었다. 한 주에 한 번씩 실리는, 최근에 발견된 다이어트에 기적적인 효능을 발휘하는 약초 등에 대한 기사들 있잖은가. 나는 니할의 도움을 얻기로 한 게 잘한 결정인지 아니면 그 반대인지 결론을 못 내리고 있었다. 이스탄불은 밑이 빠진 도가니 같은 곳이어서 그 안에는 수도 없이 많은 그런 종류의 센터와 기구들이 있고, 따라서 우리의 임무는 곧 어마어마한 규모의 일이 되었기 때문이다. 그러나 나는 밀어붙였다. 매일 저녁 신문사를 나와 집으로 돌아오면, 나는 몇 개의 키워드와 이름들을 가지고 끝도 없이 검색을 거듭하면서 거기서 나오는 결과들을 하나도 빼놓지 않고 탐했다. 나는 '눈먼 아기', '난민 아기 네르기스', '시리아인 멜렉나즈', '고아원', '병원', '안과', '안과의사', '여성용 쉼터' 등등을 비롯해 이외에도 생각해낼 수 있는 모든 단어들과 그것들의 조합으로 검색을 시도하면서 내가 이 악마의 매듭을 풀 수 있도록 도와줄 마법의 끈 한 가닥을 잡으려고 노력했다.

그런 한편으로, 나는 전처가 원하는 일들도 모두 처리했다. 서명할 건 서명했고, 내 인생과 생각 속에서 그녀를 완전히 제거했다. 서양적인 모든 것들에 대한 갈망 속에서 커리어, 물질, 그리고 야망을 좇아 움직이는 이 여자는 내가 멜렉나즈의 이야기를 향해 키운 순수하고 깊은 애착을 오염시키지 못할 것이었다. 나는 변했다. 마르딘이 나를 변화시켰다. 나는 그곳의 사람들은 그토록 고통받고 있는데 여기 사람들은 이스탄불에서 제일 맛있는 스시를 먹을 수 있는 식당에 대해 이야기하는 걸 더 이상 견딜 수 없다. 쇼핑센터들로 몰려다니면서 소비와 서구화를 통해 자신의 가치를 높이려 광분하는 도시형 인간들을 많이 목격하면 할수록, 내 눈에는 신자 산의 협곡에

버려진―이미 사체를 탐하는 동물들에 의해 갈가리 찢겼을―어린 소녀의 몸뚱이가 더 자주 떠올랐다.

나는 이제 후세인을 이해하기 시작하고 있을 뿐만 아니라, 심지어, 몇 달 전 처음 마르딘에 가서 그의 행동에 대해 알게 됐을 때 날 완전히 당황하게 만들었던 그 친구로 서서히 변해가고 있다. 그건 마치, 정신은 서쪽에 속해 있고 마음은 동쪽에 속해있는[57] 자들의 정신분열적 신경증세―그들의 자신감 부족, 외국어와 외국에서 들여온 물건들로 가리려 드는 불안감, 자기 자신이 아닌 모습을 유지하기 위한 안간힘―에 대해 후세인이 내 눈을 뜨게 해주는 경험과도 같았다.

밤이면, 나는 한쪽 구석에 검은색과 붉은색으로 공작새가 수놓아져 있는 손수건을 들고 잠자리에 들었다. 동쪽 땅은 그 비교 불가능한 신비와 끝없는 고통을 가지고 나를 소용돌이 안으로 빨아들이듯이 그 안으로 끌어당겼다. 나는 그 소용돌이가 한 바퀴 돌아갈 때마다 점점 더 깊이 빠져든다. 나는 멜렉나즈를 향해 자라나는 나의 갈망과 더불어 점점 후세인이 되어 간다. 이 갈망은 내가 한 번도 만나본 적이 없는 한 여자를 통해 메소포타미아의 모든 것에 대한 열병으로 번져가고 있다. 이건 푸앗 아저씨가 설명해 준 *하레세*라는 개념과는 아무 관계도 없는 것이다. 이것은 열병과 이야기, 그리고 동쪽 땅에서는 더욱 깊은 데까지 스며드는 마술에 대한 것이었다. 아랍인들은 열병을 *가람*, 폐허라고 불렀다. 그리고 사랑에 대해서는 포도 나뭇가지가 서로 뒤엉킨 것을 뜻하는 것에 가까운, 어쩌면 갈망이라고 옮기는 게 더 적절한 어휘를 가지고 있었다. 갈망에 사로잡혀 있다는 것, 그게 내게는 잘 들어맞는 말처럼 보였다. 손수건은 촉감이 부드러웠고, 기분 좋은 냄새를 풍겼고, 손으로 직접 짠 자수로 테두리가 둘러져 있었다. 언제, 어떤 젊은 여자의 손이 어떻게 이 섬세한 문양을 떠 나갔을지, 누가 알겠는가? 어떤 여자의 섬세한 손가락이 타부스 천사의 모습을 만들어 나갔을까? 그 여자는 자신이 만든 이 손수건이 가장 비싼 유럽산 제품보다 더 높은 가치를 지니고 있다는 걸 알고 있을까? 잠자리에 들기 전이면 나짐 히크멧의 싯구 두 구절이 항상 떠올랐다. *나는 동쪽에서 온다 / 나는 동쪽에서 일어난 반란의 외침으로 온다.*

　나는 동쪽 사람이다, 나는—그 오랜 기간 동안 받아온 서양식 교육과, 유럽식, 미국식 생활방식을 따라잡으려 했던 그동안의 노력을 여기저기 구멍이 난 양말을 내버리듯이 내던지면서—말한다. 나는 동쪽 사람이다, 동쪽 땅의 물을 마셨고, 그 신화와 전설의 땅에서 태어난 사람이다, 며칠이고 스스로에게 나는 이렇게 말한다. 나는 지난 몇 년 동안 생각해보지도 않았던 친척들, 이제는 앙카라와 이즈미르로 흩어져버린 아주머니들과 아저씨들, 그리고 사촌들에 대해 생각한다. 나는 생각한다, 아버지가 나를 이스탄불에 있는 서양식 기숙학교에 넣지 않았더라면, 내 친척들로부터 동떨어진 채 살지 않았더라면, 서양사람들처럼 되려고 애쓰면서 그 많은 세월을 낭비하지 않았더라면, 메흐멧처럼 마르딘에 남아서 그 강건한 늙은 떡갈나무에 등을 기대어 쉬면서 살았더라면. 그랬더라면 나는 좀 더 자신감이 있을 뿐 아니라 동양인들은 서양사람으로 보고, 서양인들은 자기 동족으로부터 이질화된 동양인으로 보는 괴이한 정체성에서 벗어날 수 있지 않았을까. 물론 지금 내가 동양이라고 한 건 멜렉나즈 안에서 결정화돼 있는 요소들을 말하는 것이다. 랄레쉬, 바그다드의 존경 받는 칼리프들, 금색의 궁전들, 세계를 뒤흔든 사막의 예언자들, 라호레 지방[58]의 천들, 비단, 에메랄드, 루비로 장식된 단도, 물고기의 뱃속에 들어간 신드바드, 페르도우지[59], 하피스[60], 시라즈의 사디[61], 이무르 알-카이스[62], 이 모든 것들이 *천일야화*처럼 선명하게 내 마음 속에 새겨지기 시작했고, 이것들은 차곡차곡 쌓여서 내가 한 번도 본 적이 없는 얼굴을 가진 어떤 여자에 대한 꿈을 만들어갔다.

나 혼자서만 하고 있었더라면 실패할 뻔했지만, 이런 일에 놀랄만한 재능을 가지고 있는 니할이 결국에는 그 아이를 찾아냈다. 그녀는 시리아 출신의 난민 아기들과 아동들, 특히 몸에 이상이 있는 아이들을 수용하는 시설을 찾아내었고, 최근에 그리로 들어온 아이들 중에 양쪽 눈이 다 먼 아기가 있는가를 물었다. 그런 아기가 많을리 없었다. 어느 토요일에, 우리 두 사람은 업무 내용을 취재한다는 핑계를 대고 사전 연락 없이 그 시설(이름이 '사랑의 가정'이라고 했다. 이름 붙이는 거야 제 맘이겠지만, '사랑의 가정'이라니)에 들렀고, 그때 거기서 두 눈이 다 우유처럼 뿌연 상태로 앞을 보지 못하는 네르기스를 봤다. 자기 턱받이를 빨아먹고 있는, 신자 산에서 태어나 자기 엄마와 질란과 더불어 젖을 나눠 먹으면서 큰 이 작은 아기는, 내게는 이 세계의 모든 위험을 드러내 보여줄 수 있는 어떤 순수의 상징이 되어 있었다. 그 아기를 보는 순간, 마치 우화에서 읽었던 부활한 아기, 산정에서 시체들 사이에 누워 있다가 부활한 아기를 보는 것 같은 기이한 느낌이 들었다. 질란의 이야기를 들으면서, 나는 동쪽 땅에 전해 내려오는 깃털이 온통 피에 젖은 채 떨고 있는 천사에 관한 이야기를 떠올렸었다. 하지만 이 아기… 이 아기는, 불행하게도, 가혹하고 다양한 현실 속의 시련을 겪어야 했고 거기에서 살아남은 아이였다. 이 아이—신자 산도, 자기 엄마의 얼굴도, 죽은 자들도, 난민 수용소도, 후세인도, 후세인의 집도, 이스탄불도, 또는 '사랑의 가정'도 한 번도 본 적이 없는 이 아기는 턱받이를 빨 때마다 깊이 파이는 장밋빛 보조개를 옴찔거리면서 자기 침대에 조용히 누워 있었다. 의사한테 보여 봤느냐고 묻자 그들은 그렇게 했지만 소용없었다고 말했다. 솔직히 말하자면 이 '사랑의 가정'이란 곳과 여기서 일하는 직원들은 의사와 그들이 해줄 수 있는 치료에 대해 그리 큰 관심이 없어 보였다. 우리가 아이를 바깥의 사설 안과에 데리고 가서 보여줄 수 있겠느냐고 묻자 그들은 아이를 시설 밖으로 데리고 나가는 건 엄격히 금지되어 있다고 하면서 안 된다고, 엄마만이 그렇게 할 수 있다고 했다. 그 말을 듣는 순간 내 심장이 뛰는 속도가 빨라지기 시작했다. 흥분을 꾹 눌러 삼키고 내 관심도 기자로서의 직업적인 관심으로 덮어가면서, 나는 그 아기에 대해 좀 더 자세히 알고 싶다고 말했다. 엄마가 누구인지(아빠에 대해서도 언급했다), 어디 출신인지, 이 아기한테 무슨 일이 있었던 건지, 이름이 뭔지, 그리고 주소지는 어딘지. 우리가 만난 직원은 유난히 규율에 민감하게 반응하는 사람이었던지, 우리가 가족과 어떤 식으로든 연락을 주고받는 건 전적으로 금지되어 있는 사항이고, 우리의 그런 질문에 대답하는 것도 전적으로 금지되어 있다고 되풀이해서 말했다. 다른 건 모르겠지만, 이 퉁퉁한 중년 여인이 '전적으로'라는 말을 무척 좋아한다는 건 전적으로 분명해 보였다. 좋습니다, 우리가 말했다. 그럼 누군지 알 수 없는 그 사람 앞으로 편지를 써서 여기에 남겨 놓으면 전달은 해주실 수 있겠습니까? 우리 제안을 그 엄마가 받아들인다면 그쪽에서 먼저 우리한테 연락을 해올 수 있지 않겠습니까? 이 직원이 한 번만 더 "전적으로"라는 말을 쓰면 폭발해버릴 것 같지만 놀랍게도 그녀는 그러지 않았다. 오히려, 그건 규정상 가능한 일이라고 말했다. 아이 엄마의 이름을 우리한테 알려주는 건 안 되지만 우리 편지를 아이 엄마에게 전달해주는 건 허락된 일이고, 그 후에 아이 엄마가 우리와 연락을 주고받든가 말 든가 하는 건 전적으로 아이 엄마한테 달린 일이고 자기들 책임 범주 바깥의 일이라는 것이었다. 니할은 그 여자가 '엄마'라고 말한 것에 주목해서 그럼 아버지는 없는가 하고 물었다. 없어요, 그녀는 대답했다. 그리고는 곧, 사실은 잘 모릅니다, 라고 덧붙였다. 그 엄마는 한 주에 한 번씩 아기를 보러 와요. 아기가 엄마와 같이 살지 않는 이유는 뭔가요, 내가 물었다. 이 질문에 대답하는 건 아무런 해가 되지 않을 거라고 판단한 모양인지, 그 직원은 아기의 젊은 엄마가 일반 가정에 입주 청소부로 일하고 있어서 자기 집도 없고, 아기를 데리고 있을 형편이 아니라고 대답했다. 아기가 치료를 받을 만한 조건에 있지 않고, 수술을 하면 시력이 회복될 수 있다손 치더라도 수술을 받게 될 가능성은 전혀 없겠다는 생각을 했던 기억이 난다. 이런 종류의 일을 해결하려면 사설 병원도 다녀야 하고, 돈이 든다. 국가에서 운영하는 보호시설에서 어떻게 그렇게 해줄 수 있겠나?

친애하는 멜렉나즈 씨,

당신은 저를 모르지만, 저는 후세인의 가까운 친구입니다. 당신을 만나 당신이 알아야 한다고 생각하는 몇 가지 사항들에 대해 설명해 드리고 싶습니다. 또한 저는 당신한테 돌려드리고 싶은 당신의 소지품도 가지고 있습니다. 이 제안에 응하신다면, 이 편지를 당신에게 전해준 사람에게 만날 시간과 장소를 적은 메모를 남겨 주십시오.

이게 내가 빈약한 아랍어 솜씨를 이용해서 멜렉나즈 앞으로 쓴 첫 번째 편지였다. 이제 태도가 상당히 누그러졌다는 게 느껴지는 그 직원은 아기의 엄마에게 자기가 직접 그 편지를 전해주겠노라고 약속했다. 또한 만약에 아기 엄마가 답장을 쓰겠다고 한다면—자, 여기 내 주소와 전화번호, 이메일 등 모든 정보가 이 명함에 들어 있어요—가능한 한 빨리 내게 보내주겠다고 약속했다.

그리고 나서 나는 기다리기 시작했다 매일 녹음 메시지와 이메일을 확인했지만 아무런 소식이 없었다. 여드레가 지나고 아흐레째가 될 때까지는. 그 메시지를 받던 날 내 심장은 기쁨으로 인해 가슴 밖으로 튀어나오려 했다.

악새라이에 있는 아킨 제과점, 일요일 세 시.

아마도 매일 일하나 보다, 그래서 일요일을 택한 것이겠지. 유일하게 쉬는 날이겠지. 그녀는 파티에 있는 그 '사랑의 가정'에도 일요일마다 갈 것이었다. 한 주에 한 번, 그 직원은 말했었다, 한 주에 한 번 아기를 보러 온다고.

많은 이들이 말한 것과 같았다—그녀의 눈이 제일 먼저, 또한 압도적으로 시선을 끌었다. 검고, 끄트머리가 치켜 올라간 채 마주 앉은 사람을 직시하는 눈, 단호하고 사람을 자석처럼 끌어당기는 매력이 있는 눈이었다. 그녀의 앞자리에 앉으면서 나는, 마치 당신을 이미 알고 있는 것 같다, 너무 많은 사람들한테서 당신 이야기를 들어서 벌써 만난 적이 있는 것 같다…는 등의 이야기를 두서없이 떠벌였다. 우리 두 사람 사이의 침묵을 깨는 게 내가 할 일이라도 되는 것 같았기 때문이다. 그녀는, 짐작이 가겠지만, 아무 말 없이 나를 쳐다보기만 했다. 힘을 가지고 있는 건 그녀였고, 아무 말 않고 있는 건 그녀의 권리였다. 나는 그녀를 구슬리려는 쪽이었다. 개인 사이에 암묵적으로 맺어지는 계약은 일단 한 번 설정되고 나면 당사자 사이에서는 거의 영속적으로 이어진다. 그녀는 잠자코 있고 나는 끊임없이 구슬리는 것, 그게 그 시점에서 우리 두 사람에게 주어진 역할이었다.

나는 동정을 원하지 않아요, 나는 다른 누군가가 나에 대해 미안하게 여기는 것 필요하지 않아요, 동정은 잔인함의 한 부분이에요, 나하고 내 아이는 그 대상에서 빼주세요. 동정은 잔인함으로 생긴 상처를 아물게 하지 못해요.

그녀가 이 말들을 입 밖에 내서 말한 건 아니었다. 그러나 그녀의 눈이, 침묵 속에서, 그렇게 말하고 있었다. 이 침묵 속의 말을 들으면서 나는 신자 산에서의 밤 시간을 생각하고 있었다. 캄캄한,

달빛도 없는, 반짝이는 별들이 산 위에 가까이 내려와 앉아있던 밤들. 나는 태어나서 한 번도 이런—이걸 어떻게 말할까—미움도 아니고, 반항도 아니고(나는 지금 그녀의 눈길을 설명할 수 있는 말을 찾으려 애쓰는 중이다), 상처도 아니고, 어쩌면 아마도—그렇다, 이게 적당한 말일 것이다—아마도 완전히 무관심한 이런 시선을 받아본 적이 없다. 무관심한 눈, 난 당신이나, 다른 어느 누구의 동정도 필요 없어요, 라고 말하고 있는 시선. 만약 내 앞에 앉아있는 이 가는 얼굴에 검은 머리를 한 여자가 그 말들을 소리 높여 외치고 있었다면, 그 말들은 지금 이 침묵 속의 시선처럼 이미 나한테 도달해 있지는 못했을 것이다. 이 여자는 다만 나를 바라보고 있을 뿐인데, 그 시선은 기이할 정도로 나를 불편하게 만든다. 이 여자는 어떤 것에도 전혀 개의치 않는다—그렇다, 이 여자는 무관심하다. 이 여자는 마치 이 세상에 더 이상 존재하지 않는 것처럼 보인다. 살아있는 어느 누구도, 그녀처럼 보되 그토록 멀리 있는 걸 보듯이 하지는 못할 것이다. 배은망덕함, 반항, 분노, 상처, 절망, 고통, 간청, 사랑 없음, 실망, 차가움, 치욕 혹은 비통함 같은 것들로는 그녀의 시선을 충분히 설명하지 못한다. 고통이라는 단어는, 특히나 전혀 걸맞지 않다. 아마도 전에 그런 시선을 잠깐, 질란의 눈에서 봤던 것 같다. 아무런 감정도 기대도 없는, 고통이나 기쁨의 자리 저 너머에서 오는 시선. 멜렉나즈에게서 이 시선은 더욱 강렬하고, 더 깊고, 더 신비로워 보인다. 마치, *어서, 하려던 말을 해봐, 빨리 끝내자고,* 라고 말하고 있는 것 같다.

내 입술에서는 말들이 끊임없이 쏟아져 나온다. 당신에게 조금이라도 해가 되고 싶은 생각은 없어요, 나는 말한다. 나는 후세인의 어린 시절 친굽니다. 마르딘에 갔었어요. 당신한테 있었던 일들에 대해 들었습니다. 후세인의 어머니와 아이셸을 만났어요. 당신네 에지디의 현자와도 이야기를 나눴어요. 당신에 신앙에 대해 배웠습니다. 타부스 천사에게 적절한 예를 갖췄습니다. 그러고 나서 질란을 만났죠. 당신 친구 질란과 네르기스한테 일어난 일에 대해서도 들었습니다. 수도원에도 갔어요. 거기 수도사와 이야기를 나눴습니다. 당신이 여기까지 오게 된 경로를 저도 쭉 따라왔습니다. 당신을 찾아내서 이야기하고 싶었어요. 멜렉나즈라는 사람이 어떤 사람인가 알고 싶어서 몇 달을 추적해 왔어요. 그리고 마침내, 자, 이렇게 마주 앉게 됐군요. 얼굴과 얼굴을 맞대고. 하지만 당신은 저한테 말을 할 생각이 없군요.

내가 아랍어로 이 말들을 하는 동안 그녀는 입술을 꼭 다물고 아무런 표정도 없이 가만히 듣고 있었다. 어쩌면 당신이 옳을지도 몰라요, 나는 그녀에게 말하고 싶어 한다, 질란도 꼭 당신 같았어요. 나는 고통 그 너머의 삶이란 게 어떤 건지 몰라요. 당신들 둘 다 어떤 한계치를 넘어섰어요. 선과 악의 세계도 넘어섰고, 고통도 넘어섰고, 우리 같은 사람들은 그걸 이해하기 어렵죠. 하지만 제발 내가 그걸 알게 될 수 있는 기회를 허락해 줬으면 해요. 난 후세인의 친구예요. 다시 말하지만, *다섯 살 때부터 아주 가까운 친구였어요* (나는 노골적으로 거짓말을 한다. 아니, 그보다는, 진실과 거짓말을 섞어서 그녀가 잘못 이해하도록 이끈다). 후세인한테 일어난 일 얘기 들었나요, 나는 묻는다.

제가 똑같은 얘기를 반복하고 있더라도 잠깐만 참아주기 바랍니다. 이게 다 제가 아직 그 동쪽 땅에서 헤어나오지 못하고 있어서 그 래요. 비가 촉촉하게 내려 음울한 회색으로 물든 이스탄불에서, 레인코트에서 올라오는 수증기와 커피 볶는 냄새가 뒤섞이고 있는 제과점의 플라스틱 테이블에 앉아, 나는 이 강렬한 시선의 검은 눈에 우아한 얼굴을 가진 한 젊은 여자에게 그녀가 시간을 내줘서 얼마나 고마운지를 표현하려고, 또한 그녀가 나에게 무슨 말이든지 하도록 해보려고 애를 쓰고 있었다. 내가 당신을 도와줄 수 있어요, 나는 말한다. 내가 당신한테 쓸모가 있을 거예요. 어떻게요, 그녀가 마침내, 거리를 둔 차가운 말투로, 묻는다. 당신이 후세인을 다시 데려올 수 있나요? 당신이 네르기스를 다시 데려올 수 있나요? 당신이 지금 이 땅 밑에서 썩고 있는 모든 몸뚱이들을 다시 삶 속으로 데리고 올 수 있나요?

이제는 *내가 후세인이에요,* 나는 그녀에게 그렇게 말하고 싶다,

저를 후세인이라고 생각하세요, 내가 후세인의 역할을 할 수 있을 거예요. 그러나 그렇게 하지 않는다. 대신에 나는 이렇게 대답한다. 아니요, 나는 예언자가 아녜요, 나는 누구도 되살릴 수 없어요. 그럼 입을 다무세요. 그녀가 말한다. 그녀는 일어서서 의자 뒷등에 걸쳐 놓았던 오래된, 다 해진 가방을 집어 들고 그녀의 나이 대에 볼 수 있는 움직임으로 두 걸음을 내딛는다. 그녀의 처진 어깨는, 그러나, 절망을 받아들이지 않는다.

나 또한 일어서서 문가로 향하는 그녀를 불러 세운다. 잠깐, 제발, 기다려요. 그녀가 내 목소리를 듣는다. 그러나 나는 그녀가 검고 긴 머리카락을 돌리는 동작에서, 그녀가 마음을 바꿀 생각이 전혀 없다는 걸 본다. 그녀는 수증기로 흐려져 있는 제과점 문을 열고 가늘게 뿌리는 가랑비 속으로 걸음을 내딛는다. 나는 문을 붙잡고—그게 내 얼굴 위로 닫히기 전에—바깥으로 따라 나가 그녀를 뒤쫓아 간다. 그녀는 빠르고 확고한 걸음으로 멀어져 간다. 나는 거의 뛰어서야 그녀를 따라잡는다. 이미 일어난 일은 물론 바꿀 수 없어요, 나는 말한다, 하지만, 아직 내가 도와줄 수 있는 게 있어요. 이 모든 짐을 당신 혼자 짊어지고 가는 건 너무 어려워요. 난 정말로 당신한테 소용이 될 수 있어요. 이 말들을 하면서 그녀의 옆으로 따라가는 동안, 나는 그녀 얼굴의 왼쪽을 잠깐 본다. 비로 인해 그녀의 머리카락이 젖어서 뺨에 달라붙어 있다. 그녀는 아무 말도 하지 않는다. 아무 대답도 없고, 심지어 내가 거기 있다는 사실을 의식하고 있는 것 같지도 않다. 그 대신, 그녀는 앞만 노려보면서 가던 걸음으로 계속 걸어갈 뿐이다. 나는 생각한다. 메소포타미아의 신들께서 나를 용서하시길, 하지만 이 여자는 얼마나 아름다운가. 후세인이 기꺼이 자신을 불살라 재가 되고자 했던 대상인 여자는 엄청난 존재감을 가지고 있었고—여자의 아름다움은 여자의 의지에 씌워진 멍에이니—내 가슴은 갈망의 둔중한 고통으로 인해 멈춰 서버릴 것 같았다. 그녀의 옆에서 아무 의미도 없이 한참을 달리면서 나 자신을 바보로 만든 후에야 나는 말한다, 알았어요, 아무래도 당신이 나한테 말을 하도록 설득하긴 틀린 거 같군요, 하지만 언제든, 어떤 이유로든 제 도움이 필요하면 전화를 주세요, 꼭… 제발, 제발, 제발… 내 마지막 말들이 안개 낀 대기 속으로 스러지는 동안, 내가 할 수 있는 거라곤 희미해져 가는 그녀의 뒷모습을 쳐다보고 있는 것밖에 없다. 나는 두 의지의 대결에서 비교도 할 수 없이 강한 상대방에게 패한 패배자고, 도움을 필요로 하는 건 그녀가 아니라 나라는 사실을 느끼고 있다. 나는 지금 저 여자를 잃어버리고 있다. 갑자기 그 생각이 떠오른다. 지금 이런 식으로 그녀와 영영 헤어지고 나면, 이제부터 나를 기다리고 있는 건 날카로운 도구로 심장을 후벼 파는 것 같은 고통에 찬 갈망뿐일 거라는 사실을 나는 잘 알고 있다. 나는 아무런 희망 없이, 그녀를 한 번 더 불러본다. 멜렉나즈, 제발 잠깐만, 말할

게 더 있어요, 그리고, 당신 걸 내가 가지고 있는 게 있어요! 그녀는 내 말을 듣지도 않고, 그녀와 나와의 거리는 점점 더 벌어진다.

나중에 그녀를 뒤쫓아가기로 결심한 이유는 무언가? 그녀가 그 사실을 알았더라면 엄청나게 화를 내게 될지도 모르지만, 나는 막다른 골목에 와 있는 느낌이다. 나로서는 그녀와의 접촉을 이어갈 다른 방법을 생각해낼 수 없다. 나는 그녀가 눈치채지 못할만한 거리를 유지하면서, 한참 뒤에서 멜렉나즈를 뒤쫓기 시작한다. 나는 공사장 비계 밑을 지나고, 길거리의 상점들에 바짝 붙어서 걸어간다. 그럴 것 같진 않지만, 혹시라도 그녀가 뒤로 돌아 다가오는 경우 그늘진 곳으로 숨어 들어가는 데 문제가 없도록 주의를 기울인다. 나는 그녀의 빠른 걸음을 지켜보며 걸어간다. 사막의 영양! 저 자존심 좀 봐, 나는 생각한다, 저 놀라운 고집스러움, 저 놀라운 반항. 누군가가 입던 회색 레인코트를 입고 아마도 빗물이 새어들고 있을 낡고 해진 신발을 신고 있는 처지면서도. 어쩌면 자존심은 모든 걸 다 잃어버린 사람이 찾아들 수 있는 유일한 안식처일지도 모르겠다고, 나는 생각한다. 나는 그녀가 결국엔 어떤 아파트 건물로 들어갈 거라는 사실을 안다. 어린이 보호시설에서 들은 대로라면, 그녀를 청소부로 고용하고 있는 집으로 가야 할 테니까.

이제 막 그 사실을 확인하려는 참이다. 잠시 후면 나는 멜렉나즈가 일하는 집이 어딘지 알게 될 것이다. 그러고 나서 어떻게 할지는 모르겠다. 그러나 그 집을 찾지 못한다면, 나는 멜렉나즈를 영원히 잃어버릴 것이다. 내 길은―아니, 끝이 보이지 않는 내면의 시험이라고 하는 게 더 적절하겠다―그런 그녀를 향하고 있고, 그녀의 길은 중산층이 사는 이 동네의 한 중산층 아파트 건물에서 끝난다.

멜렉나즈가 들어가고 나서 나는 그 건물의 앞을 지나면서 지저분한 푸른색 표지판에 '18'이라고 쓰여 있는 걸 확인한다. 푸른색, 푸른색 표지판이라니, 이게 어떻게 가능한가, 나는 스스로에게 묻는다. 멜렉나즈는 이걸 어떻게 견뎌낼 수 있을까? 하지만 다시 생각해보면, 이스탄불의 곳곳에, 모든 거리에, 모든 교통신호등에, 푸른색이 있다. 그리고 이 도시에 묻혀서 사는 기자인 나는 내 도움을 원하지 않는 사람에게 도움 받을 걸 강요함으로써 내 영혼을 구원해보려고 애를 쓰고 있다. 빗물이 물줄기를 이뤄 축축한 지렁이처럼 내 목덜미를 간질이면서 흘러 내려가는 동안, 나는 스스로를 동정한다. *가련한, 가련한 이브라힘.*

나는 멜렉나즈를 만나보고 나면 내 호기심의 일부도 충족되고, 내 강박 또한 무디게 만들 수 있을 줄 알았다. 그러나 정작 벌어진 사태는 그 반대였다. 나의 후세인 되기, 후세인의 감정을 그대로 반영시키는 경향이 오히려 더욱 강해진 것처럼 느껴진다. 월요일에는 신문사의 모든 사람들이 내가 매우 산만한 상태라는 걸 알아차렸다. 어떤 이들은 어디가 아프냐고 물어왔고, 다른 사람들은 나를 콕

짚어서 그들이 항상 하는 농담의 소재로 삼았다. 우리 모두는 이렇게 가시 돋친 말을 하고 서로를 무시하는 환경에 오랫동안 익숙해져 있었다. 우리는 모두 사무실이라는 노출된 공간에서의 삶이 우리의 영혼을 죽이고 우리를 로봇으로 만들고 있다는 사실을 알고, 받아들이고 있었다. 중세의 기사들이 갑옷으로 자신을 완전히 감쌌던 것처럼 보이지 않는 갑옷으로 스스로를 감싸고 보호하는 것 말고는, 이 안에서는 피난처 같은 건 찾을 수 없다. 내가 처음 이 일을 시작할 때, 항상 날이 서 있는 사무실 분위기에 질려서 잔뜩 위축되어 있는 내게 한 친구가 이런 얘기를 해준 적이 있다. 이 안에서는 누구나 다 우산을 하나씩 가지고 있는데 너도 가능한 한 네 우산을 빨리 펼치는 게 좋을 거야, 이 더러운 폭풍우는 결코 멈추지 않을 테니까. 나도 이제는 내 우산을 펼치는 방법과, 보이지 않는 갑옷을 빈틈없이 두르는 방법을 완전히 마스터한 지 꽤 됐다고 생각하고 있었고, 실제로도 그러했다. 그러니까, 멜렉나즈라는 존재가 등장해서 내 심장을 밖으로 꺼내 바람에 마르도록 내버려 두고, 나를 만신창이로 만들기 전까지는 말이다. 만신창이가 되었다! 이게 바로 지금의 내 상태를 가장 정확하게 묘사하는 말이야, 라고 나는 생각했다. 만신창이가 됐어. 어떤 미소로도 이건 가리기 어렵다.

　여러 날 동안, 나는 잠자리에 들기 전에 그 손수건의 냄새를 맡고 그걸 내 얼굴에 비비고는 했다. 여러 날 동안, 나는 멜렉나즈를 보고 싶다는, 그래서 나 또한 후세인이라고 말하고 싶다는 욕망으로 가슴이 차오르는 걸 억누르면서 그 아파트의 입구를 지나쳐 다니곤 했다. 나를 후세인의 자리에 대신 세워줘, 당신은 청소부 일을 하지 않아도 돼, 난 집이 있어, 그건 당신 거야, 거기서 나랑 같이 살아, 네르기스도 데리고 와, 이스탄불에서 제일가는 의사가 그 아이를 치료하게 하자고, 원한다면 질란도 데리고 오자고, 나는 그녀에게 이 말들을 하고 싶었다. 하지만 그건 불가능했다. 나는 그녀를 볼 수조차 없었다. 설령 볼 수 있다 해도, 그녀는 단 한 마디도 입 밖에 내지 않고도 수없이 많은 말을 쏟아내는 그녀의 그 무관심한 눈길을 가지고 다시 한 번 나를 그때의 그 자리에 갖다 놓을 게 틀림없었다. *당신이 주려는 건 하나도 필요 없어요.* 그녀의 명예를 손상시키는 건 다른 사람의 집을 청소하는 일이 아니라 남의 동정이었다. 외부로부터의 동정이 그녀에게는 아무런 쓸모도 없었으므로, 그녀는 인간성이란 것에 대해 일찌감치 마음을 정해 놓았다. 그녀는 자기 자신을 너무나 완전히 닫아놓기 때문에 단 한 줄기의 빛도 그녀 내면의 완벽한 어둠 속으로 들어갈 수 없었다. 그러니까 이게 바로 그런 거군, 나는 생각했다. 타인에 대한 한 사람의 신뢰가 완벽하고 궁극적으로 붕괴한다는 것, 희망을 향한 문과 창문이 꼭꼭 닫혀있는 단호한 상태, 어느 누구도 다시는 열지 못할 철문…. 랄레쉬 계곡에서 온 이 소녀는 경험을 통해 이것을 배웠다. 어떤 종류의 희망이 다시 나타나 자신을 위협할 때, 그녀가 취할 수 있는 최선의 방어는, 소라나 거북이가 하는 것처럼, 자기 껍질 속으로 숨는 것이었다. 그런데 나는 어떻게 해야 그 껍질 속으로 그녀를 따라갈 수 있을까? 어떻게 해야 그 안으로 들어갈 수 있을까?

나는 자리에 앉아 그녀에게 짧은 편지를 썼다.

당신 물건을 돌려줄 기회가 없었습니다. 내가 알기론 그건 당신한테 아주 중요한 물건입니다. 매주 일요일마다 같은 장소에서, 같은 시간에 기다리고 있겠습니다.

나는 겉봉에 미즈 멜렉나즈라고 써서 악새라이에 있는 그 아파트에 가지고 갔다. 관리인이 스피커폰으로 누구냐고 물었다. 나는 전할 편지가 있다는 말로 그를 문간으로 불러냈다. 양쪽 끝 콧수염을 말아 올린 사내가 나타났을 때, 나는 그에게 멜렉나즈 양을 아느냐고 물었다. 처음에는 약간 헷갈리는 표정이더니, 시리아에서 온 난민이라고 말하자 그는 오, 그 시리아 하녀, 라고 말했다. 멜렉나즈 양이라고 하길래 처음에는 잠깐 놀랐어요. 우린 멜렉이라고 부르죠. 4호 집에서 일해요. 이 편지 좀 전해 주시겠어요, 내가 물었다. 친척이 보낸 거예요. 물론이죠, 사내가 말했다. 이 불쌍한 사람들을 도와주는 건 선행을 쌓는 거죠. 아주 조용한 여자예요. 어떨 땐 나와서 이 아파트 계단을 쓸기도 해요. 우릴 도와주는 거죠. 들어와서 만나볼 래요? 아뇨, 나는 대답했다. 고마워요. 전 그냥 편지만 전해주러 온 거예요.

그리고는 기다림이 시작됐다. 주중에는 혹시 이번 일요일에는 그녀가 나올지도 모른다는 기대에 들떠서 살았고, 일요일이 되면 초조하게 오후 세시를 기다렸다.

첫 번째 일요일에, 나는 그 손수건을 예쁜 포장지에 싸서 주머니에 넣고 나갔다. 나는 그 제과점에 가서 같은 자리에 앉았다. 멜렉나즈는 오지 않았다. 나는 네 시까지 기다렸고, 실망감에 싸여서 집으로 돌아와 포장지에서 손수건을 꺼낸 후 다시 내 베개 위에 올려놨다. 나는 멜렉나즈를 그리워하면서, 동시에 두려워했다. 덫에 걸려서 심하게 다친 호랑이의 상처를 돌봐주고 싶어서 아무리 애가 타더라도 다가갈 수는 없듯이, 멜렉나즈에게 다가갈 수 없는 것처럼 느껴졌다. 당신 또한 상처를 주려고 온 존재라고 생각한 호랑이가 고통 속에서도 발톱을 세워 자신을 방어하려 하는 걸 애처롭게, 그러나 어쩔 도리 없이 지켜보고만 있어야 하는 것처럼.

그다음 일요일에도, 나는 그 손수건을 같은 포장지에 싸서 같은 제과점으로 가, 같은 테이블에 앉았다. 멜렉나즈는 오지 않았다. 그다음 일요일에도, 그 일요일의 다음 일요일에도. 나는 고집스럽게 매주 일요일마다 그 자리에 갔다. 마침내, 네 번째 일요일에, 내 인내심은 보상을 받았다. 같은 자리에 아무런 희망도 없이 앉아 있다가, 둥근 이마의 그 얼굴이 그 제과점의 현관 유리문 앞에 잠깐 멈춰 섰다가 안으로 들어서는 걸 본 순간 심장이 입 밖으로 튀어나오기라도 할 것처럼 격렬하게 뛰었다. 생전 처음으로 그렇게 엄청나게 친절한 대접을 받아보기라도 한 것처럼 가슴속에서 기쁨이 부글거리며 솟아올랐다. 나는 웃으면서 벌떡 일어나 손을 내밀었지만, 그녀는 내 손을 마주 잡지도 않고, 표정을 바꾸지도 않은 채 내 맞은편 자리에 앉았다. 나는 종업원이 와서 뭘 마실 건지 물어보기 전에, 당신 물건을 하나 가지고 있어요, 라고 말했다. 차 마실래요? 아니면 커피? 나는 멜렉나즈에게 물었다. 그녀는 물을 마시겠다고 했고, 나는 그녀를 위해서는 물을, 내 거로는 커피를 주문했다. 그리고 멜렉나즈가 무관심한 눈으로 쳐다보기만 할 거라는 건 알고 있었지만, 고를 수 있게 케이크 트레이를 가지고 와보라고 말했다. 자기 젖을 마셔 가면서 살아남아 산을 넘어온 여자한테 케이크라니, 그녀한테는 공허한 제스처로만 보일 것이고 그로 인해 나를 더 경멸하게 될 거라고 생각했지만, 상관없었다. 그녀의 경멸의 원천은 내가 아니다. 인류 전체다.

　나는 주머니에 손을 넣어 붉은색(푸른색이 아니라, 물론) 포장지에 싼 손수건을 꺼내 테이블의 그녀 앞자리에 올려놓았다. 이게 뭔가요, 그녀가 물었다. 당신 물건이에요, 내가 말했다. 뜯어보세요.

멜렉나즈는 내키지 않는 표정으로 포장을 뜯었지만 그 안에 뭐가 있는지 보는 순간, 그녀의 눈에 어떤 표정이, 아주 잠깐이었지만, 스치고 지나가는 걸 본 것 같았다. 오랜 세월 동안 견고해져 온 무관심이 놀라움에 의해 아주 작은 균열을 일으키는 순간이었다. 그녀는 손수건을 꺼내 들고 이리저리 뒤집어보더니 마침내 물었다. 이게 어떻게 당신 손에 있는 거죠? 태양의 사원에 두고 갔더군요, 내가 대답했다. 거기 갔었어요? 그녀가 물었다. 예, 내가 대답했다. 당신이 갔던 모든 곳에, 당신 흔적을 따라 다녔어요. 그녀가 왜, 라고 물었을 때 나는 사실은 왜 그랬는지 모르겠다고 대답했다. 모르겠어요, 하지만 어쩌다 보니 당신이 내 삶의 한가운데 들어와 버렸어요. 난 당신이 갔던 자리는 모두 찾아갔어요. 천사처럼 당신의 뒤를 따라다녔어요. 당신은 내가 누군지 알지도 못하잖아요, 그녀가 말했다. 아뇨, 알아요, 나는 대답했다. 최소한 안다고 생각해요. 하지만 난 당신을 몰라요, 그녀가 말했다. 당신이 날 알게 될 수 있는 기회를 만들려고 노력하는 중이에요. 종업원─이제는 나하고 상당히 친숙해진─이 물과 커피, 그리고 케이크 트레이를 들고 왔을 때 나는 이렇게 대답했다. 그러고 나서 나는 내가 알고 있는 모든 아랍어를 동원해서 그녀의 동족에게 일어난 일들에 대해 설명해 주기 시작했다. 그녀는 희미한 비웃음을 띄운 채 내 말을 들었다. 나는 내가 앞서 했던 말을 수정했다. 난 당신을 알려고 노력하는 중이에요. 그러니까, 그게 무슨 소리냐면, 나는 말했다. 당신한테 조금 더 가까이 다가가게 해주세요, 이 세상의 모든 사람이 다 악마는 아니란 걸 내가 당신한테 보여줄 수 있게 해주세요.

솔직히 말하자면, 내가 하고 있는 말은 내 귀에도 이상하게 들렸다. 원래 내가 마음속에 품고 있던 보다 사적이고 긴밀한 이야기들 대신에, 어쩌다 보니 인간성의 가장 깊은 곳에 들어있는 선과 악의 이중성에 대해 강의를 늘어놓게 되고 말았다. 고맙게도 멜렉나즈가 도대체 왜 자기한테 이런 얘기를 하는 거냐고 물어옴으로써 나는 내 말에서 빠져나올 수 있었다. 나는 잠시 침묵에 빠졌다. 정말, 왜? 나는 멜렉나즈의 눈을 들여다보면서 이렇게 말했다. 왜냐면, 당신을 도와주고 싶어서예요, 멜렉나즈. 나 스스로도 놀라게 만든 용기를 가지고, 나는 말을 이어갔다. 나를 오해하지 말아줘요, 어쩌면 내가 도와주고 싶은 대상은 당신보다 나 자신일지도 몰라요. 나는, 다시 한 번, 내가 사람이라는 사실을 기억하길 원해요. 난 네르기스가 치료를 받는 걸 원해요. 내 안에서는 아주 깊은 불안이 나를 흔들고 있어요. 이 불안이 나를 서서히 죽이고 있어요.

나는 불안정한 상태와 씨름하는 것이 다른 어떤 적을 붙들고 상대하는 것보다 더 어렵다는 것을 잊은 채 이와 비슷한 종류의 말들을 마구 쏟아냈다. 아마도 끝도 없이 쏟아내는 내 말들이 약간의 변화를 불러일으켰는지, 멜렉나즈가 조금 혼란스러워하는 듯한 모습이 보였다. 아마도 내 말이 그녀의 머릿속에 아주 작지만, *만약에 그렇다면,* 하는 생각을 불러일으킨 것 같다는 느낌이 들었다. 아주 짧은 한순간이었지만 그녀가 자기 주위에 두르고 있던 철의 벽에 약간의 균열이 생긴 것 같았고, 그녀가, 아주 잠깐이긴 했지만, 나를 신뢰해야 할지 말아야 할지 망설이는 순간을 경험했다고 나는 생각한다.

멜렉나즈는 갑자기 벌떡 일어서더니 손수건을 집어 들고 슈크란[62]이라고 말했다. 나는 멜렉나즈를 문까지 바래다주면서 매주 일요일마다 여기에 와서, 이 자리에서 당신을 기다릴 거예요, 라고 말했다. 그리고 감히 이렇게 덧붙였다. 나도 이제 그 손수건을 잃어버렸어요. 내 단 하나의 위안. 하지만 어느 일요일엔가 당신이 다시 올 거라고 믿어요. 그럴 거라고 믿어요. 날 도와주세요, 제발, 도와줘요!

멜렉나즈는 아무 말 없이 떠났다. 나는 항상 어떤 여자들이 가지고 있는 이런 내적인 힘에 대해 궁금해 해왔다. 그들은 어떻게 해서 이런 자신감, 이런 고집스러움, 이런 결단력을 얻게 되었을까? 나는 그들의 이런 힘의 원천은 무엇인지, 또한 왜 남자들은, 그와 비교했을 때, 자신들의 감정과 직면했을 때 그토록 허약하고 대책 없어지는 건지 항상 의문을 품어왔다. 남자가 됐든 여자가 됐든, 나는 그녀처럼 자존심이 강한 인간을 본 적이 없는 것 같다. 나한테는 그렇게 조심스러운 사람이, 그런데 후세인은 어떻게 캠프 바깥까지 따라나설 수 있었을까? 어쩌면 이 질문에 대답하는 것이 이 모든 복잡한 매듭을 푸는 중요한 실마리가 될 수 있겠다는 느낌이 들었지만, 어디서부터 시작해야 할지 알 수가 없었다. 마르딘과, 거기서 후세인에 대해 들은 이야기, 그곳의 난민촌에서 들은 모든 이야기들을 떠올렸다. 도대체 어떤 차이가 있을까? 그리고는 곧이어 생각했다. 멜렉나즈를 그렇게 화나게 만든 건 혹시 동정심이었나? 멜렉나즈는 자신을 괴롭힌 자들은 참아낼 수 있지만, 자신에 대해 연민을 품은 이들은, 그들이 아무리 선한 의도를 가지고 있다고 하더라도, 싫은 건가? 후세인은 멜렉나즈에게만 특별히 시혜를 베푼 것이 아니었다. 후세인은 이미 난민 캠프에서 회진을 돌던 구호 요원이었고, 모든 사람들을 동등하게 보살피던 입장이었다. 그가 멜렉나즈에게만 특별한 대접을 해주지는 않았을 테지만, 그러나 그는 그녀하고만 사랑에 *빠졌다.* 이건, 물론, 그녀의 자존심을 해치는 일이 아니었을 것이다. 오히려 반대였을 것이다. 그런 열정적인 연시의 대상이 되면서는 강렬한 흠모를 받고 있다는 느낌이 들었을 것이다.

이제 진실의 한 가닥을 봤다는 느낌이 들었다. 동정심이란 날카로운 검과 같은 것이다. 동정을 베푸는 사람은 그 손잡이를 안전하게 붙들고 있지만, 받아들이는 사람에게 상처를 남긴다. 베푸는 사람의 손은 받는 사람의 손 위에 놓인다고 예언자께서는 말씀하시지 않았던가? 그들이 미국에서 날아온 천사를 차갑게 바라봤던 게 그래서였던 거 아닌가? 그들이 기독교 구호단체를 신뢰하지 않은 게 무슨 이유였나? 어렸을 때 아버지한테서 들으면서 절대로 이해하지 못하던 이야기가 있다. 누군가가 칼리프 알리[64]에게 와서 어떤 이가 그의 성품에 대해 나쁜 말을 퍼뜨리고 있다고 말했다. 칼리프 알리는 깜짝 놀라면서 이렇게 말했다고 한다. "그런데, 나는 그 사람한테 아무런 선행도 베푼 적이 없는 걸."

이 말이 무슨 뜻인지 이제야 이해하기 시작하는 것 같다. 그 말을 한 사람은 항상 알리에게 신세를 지고 있는 부담스러운 처지인 게 싫어서, 알리를 하찮은 인물 취급했던 것이다. 신문사 사람들이 네게 동정을 베푼다면 넌 그걸 받아들이겠는가, 나는 스스로에게 물었다. 그 사람들이 네가 끔찍한 처지에 있다고 생각해서 너를 가엾게 여기고, 도와주려 애쓰게끔 하고 싶은가? 혹시, 네가 멜렉나즈에 대해—심지어 그녀의 얼굴을 보기도 전에—갑자기 키우기 시작한 이 강렬한 감정들은 너의 선량함을, 심지어 너 자신에게도, 증명하기 위한 것에 불과한 건 아닌가? 도움을 원하지 않는 사람에게 그걸 받아들이도록 강요하는 게 멍청한 짓이라는 건 나도 알고 있던 사실이다. 나는 그저 멜렉나즈의 자존심과 그녀가 당당하게 세계와 맞서고 있는 그 자리에 가까이 다가가고 싶었을 뿐이다. 내 입장에서 그녀는 단순히 가련해 보이는 여자 그 이상이 아닐 수도 있었다. 그러나 멜렉나즈의 자존심은 그녀를 높은 발판 위에 올려놓아,

남녀가 연애를 할 때 자연스럽게 있게 마련인 신체접촉 같은 건 상상조차하기 어렵게 만들어놓았다. 그 꼭 닫힌 입술에 입을 맞추는 것, 그녀의 발가벗은 몸을 보는 것, 그녀의 피부의 온기를 느끼는 것 같은 일들은 내 생각으로부터 너무나 멀리에 있어서 심지어 밤에 꾸는 꿈속에도 들어올 수 없었다.

나는 그 주의 대부분을 중고서점 시장에서 보냈다. 나는 시장의 돔 지붕 아래서 침묵과 냉정 속에 비밀을 간직한 채 끝도 없이 줄을 지어 있는 헌책들의 누렇게 바래고 먼지 날리는 페이지들을 뒤적이면서 신비한 여행에 나섰다. 나는 그 아름답고 두꺼운 책들을 더듬고 다녔다. 더듬고 또 더듬었다. 그러다가 마침내 나의 보물, 이므루 알 카이스[65]가 쓴 무알라카트[66]를 찾아냈다. 일곱 명의 시인들 중 가장 위대한 시인. 그 일곱 명의 작품들은 이슬람 시대 이전부터 카바에 걸려 있었다. 아브라함이 지은 성전의 검은 돌에 새겨져 있는 것들[67]만큼이나 성스럽고 감동적인 말들. 그렇지 않다면, 어떻게 그 말들이 하즈[68]의 중심에 있는 그 성스러운 장소에 걸려 있을 수 있겠는가. 쓰인 당시에는 다른 세계로부터 온 존재가 시인들의 귀에 속삭여 준 것이라고 믿었던 이 말들이 이제 나를 찾아온 것이다. 그렇다, 이 말들은 천오백 년의 시간을 가로질러 와서 내게 나의 정체성을 깨닫게 하는 말들, 그리고 멜렉나즈를 설득할 수 있는 사랑의 말들을 전해주고 있다. 동쪽 땅의 모든 것은 말로 시작되지 않았던가? 그렇다면 나 역시 이 말의 고삐를 잡는 법을 배워야만 할 것이다. 나는 후세인처럼 되어야만 한다. 사실은, 나는 후세인이 되어야 했다.

꿈속에서 후세인이 되어 있는 나 자신을 보는 건 이상한 경험이었지만, 그건 실제로 일어난 일이었다.

어느 날 밤, 와인 때문이었는지 이므루 알 카이의 시 구절들 때문이었는지는 모르겠지만 약간의 어지럼증을 느끼는 상태에서, 나는 그 위대한 아랍의 시인을 흉내 내어 몇 줄 써보았다.

> 나는 맹세한다 일찍 내리는 어둠에 대고
> 서쪽에서 불어오는 바람에 대고 나는 맹세한다
> 나는 맹세한다 신자의 산에 대고
> 나이팅게일에 대고 맹세한다
> 나는 자유를 거부한다, 나는 당신의 노예이므로

나는 그다음 주에 제과점으로 돌아갔다. 나는 멜렉나즈를 생각했고 시를 썼다. 그녀에 대해 생각하면서 시를 썼다. 어느 일요일엔가, 너는 분명히 올 것이다, 나는 생각했다, 나는 영원히 기다릴 것이다. 그러나 내 안에 자리 잡고 있는 불안의 느낌, 내가 무언가 잘못하고 있는 거라는 그 느낌은 조금도 옅어지지 않았다. 나는 한밤중에 깨어나 생각하곤 했다. 그래서, 이 모든 게 죽고 없는 어린 시절 친구의 약혼자를 차지하고 싶다는 욕망으로 귀결되는 건가? 연애 시나 쓰고 앉아있고, 이게 지금 뭐 하는 짓이지?

　두 주 후, 이상한 일이 벌어졌다. 나는, 후세인이 되려는 시도의 일환으로 그동안 써왔던 시들을 모두 찢어버렸다. 그것들은 갑자기 터무니없고 말도 안 되는 헛소리처럼 보였다. 내 문제는 내가 사랑에 빠지고 싶어 한다는 사실에 있는 게 아니라, 사실은 전혀 다른 어떤 것이었다. 그게 뭔지 정확하게 지적하거나 이름을 붙일 수도 없지만, 그와 완전히 다른 어떤 것이라는 것만은 확신할 수 있었다. 그 종이들을 쓰레기통에 넣고 나자 마치 엄청난 잘못을 저지를 뻔하다가 마지막 순간에 돌아선 것 같은, 무엇이 옳은지는 아직 모르고 있지만, 최소한 나쁜 짓을 하고 있지는 않다는 안도감이 들었다. 도와줘 멜렉나즈, 나는 생각했다. 내가 바른길을 찾을 수 있도록 도와줘. 내가 너를 도울 수 있게 해줌으로써 날 도와줘. 내가 다시 자존감을 얻을 수 있도록, 바람 속에서 이리저리 휩쓸려 다니는 이 아무런 가치 없는 인간을 구해낼 수 있도록 도와줘. 마치 내 어머니, 아버지, 내 나라, 나의 사라져버린 어린 시절이 이 가냘픈 여자의 꿈결 같은 이미지 속으로 응결되어 들어와 있기라도 한 것처럼, 나는 기도했다.

　젊은 종업원이 공짜로 뭐라도 집어주려고 하면서 마치 "그 여잔 오늘도 안 왔네, 친구"라고 위안하는 듯이 쳐다보는 슬픈 눈길에도 굴하지 않고 나는 매주 일요일 오후 세 시면 그 제과점에 가서 그 플라스틱 테이블에 앉았다. 멜렉나즈는 오지 않는다. 나는 내가 주문한 차를 마신다. 그리고 집으로 온다. 나는 그다음 주에도 갔다. 멜렉나즈는 오지 않았다. 그다음 주에도, 그리고 그다음 주에도… 그래도 나는 간다. 그리고 내가 쓴 시에서 한두 구절을 뽑아내어 중얼거린다. *거기서 날 기다리고 있어, 제과점… 내 사랑은 아직 오지 않았지만, 내 희망은 이어지리니!*

어느 일요일, 그녀는 올 것이다. 나는 그 사실을 그 어떤 것보다도 확신하고 있다…

…: 그리고 이 문장과 더불어 나는 이 책을 끝맺었다. 나는 사람을 불안하게 만드는 이 이야기, 후세인의 죽음에 대해 듣고 난 후로 줄곧 내 머리를 떠나지 않던 이 이야기가 이제는 더 이상 나를 장악하지 못하게 됐다고 생각했다. 그러나 그건 섣부른 생각이었고, 그건 단지 시작일 뿐이었다. 나는 그 사실을 한 달이 지난 후에야 깨달았다. 어느 날 아침, 마르딘과 디야르바키르를 떠나 불가리아로 향하던 수백 명의 에지디들이 국경에서 입국이 거절되어 처참한 몰골로 길거리에서 대기 중이라는 뉴스가 통신사들로부터 들어왔다. 이 뉴스는 신문사 전체에서 나한테 가장 깊은 충격을 준 것 같았다. 마치

내 친척이 그곳에서 나를 기다리고 있는 것 같은 느낌이었다.

나는 편집장에게 자동차와 사진기자를 요청해서 승인을 얻었고, 그 즉시 국경도시 에디르네를 향해 출발했다. 이스탄불에서는 두 시간도 채 걸리지 않는 거리였다. 우리는 유럽으로 연결되는 TEM 고속도로를 타고 있었다. 제일 먼저 눈에 들어온 것은 에디르네에서 5킬로미터 정도 떨어진 지역의 길거리에 배치돼 있는 헌병대였다. 그들은 국방색 제복을 입고 도열해 있었는데, 가을볕이 잘 손질된 그들의 소총에 반사되어 반짝이고 있었다. 그들은 고속도로변에 상자종이며 신문지며 깔고 둥그렇게 모여앉아 있는 사내와 여자들, 그리고 아이들을 바라보며 서 있었다. 그건 아주 기묘한 풍경이었다. 마치 헌병대가 임시로 만든 마법의 양탄자 위에 이 사람들을 몽땅 태워 마르딘에 있는 수용소에서 이리로 바로 실어온 것처럼 보였다. 이 사람들의 얼굴에는 예의 희망 없음, 피폐함, 그리고 끝없는 기다림이 그대로 드러나 있었다. 그들은 마르딘에서 다섯 대의 버스에 나눠타고 출발했지만, 에디르네에 5킬로미터 못 미친 이곳에서 정지당했다. 유럽은 그들을 원치 않았다. 유럽인들은 이 사람들의 얼굴을 보는 일을 견딜 수 없었다. 유럽인들은 이 사람들이 국경을 건너오는 걸 막기 위해 할 수 있는 모든 조치를 다 취했다. 그들이 터키 정부에 압력을 가하고 있다는 건 우리도 알고 있었고, 지역 정부가 이들의 행진을 막은 것도 그래서였다. 에지디들은 국경으로 다가가는 걸 금지당했고, 지역 정부에서는 이들을 타운 안에 흩어 놓았다. 습기 찬 땅에 앉아 있는 것 말고는 다른 어떤 것도 그들에게 허락되지 않았다.

우린 헌병대의 법무담당관한테 우리의 기자증을 보여주고 나서 보안구역 안으로 들어갔다. 우린 그 비참한 얼굴들 사이로 걸어 다녔고, 하칸은 사진을 찍기 시작했다. 그들은 우릴 보지 않았다. 창백한 얼굴의 젊은 여자가 어린 아기를 안고 있는 모습이 보였을 때, 나는 생각했다. 저기, 멜렉나즈다. 그리고 저기도, 멜렉나즈다. 저 여자 옆의 저 사람도. 여기에 이렇게 많은 멜렉나즈들이 있구나, 다들 여기 있네. 신자 산을 넘은 도망자들, 인류라는 나무에서 부러져 나온 가지들, 인종청소가 흘리고 간 사람들—그 사람들 모두가 여기 와 있구나. 멜렉나즈는 여기 없지만 수많은 멜렉나즈들이, 수많은 네르기스들과 질란들이, 타부스 천사의 죄 없는 자들이 모두 여기 있다. 그들의 뒤에는 아이시스가 있고, 그들의 앞에는 유럽이 있다.

마침내 내가 해야 할 일이 뭔지 알게 됐다는 느낌이 든다. 당신은 잠깐 쉬시오, 타부스 천사. 나는 말했다. 어쩌면 당신도, 토라의 신[69]처럼, 온 우주를 창조하다 보니 여섯째 날에는 피곤해졌나 봅니다. 첫째 날에 당신은 빛, 어둠, 낮과 밤을 창조했습니다. 둘째 날에는 하늘의 지붕을, 그다음 날에는 땅을, 바다를, 식물을, 씨앗을, 그리고 과일을 창조했죠. 넷째 날에는 해, 달, 그리고 별들의 순서였죠. 다섯째 날, 당신은 땅을 온갖 종류의 동물들로 채웠고, 그들을 수놈과 암놈으로 만들었습니다. 그러고 나서 당신이 한 일을 보니 보기에 괜찮았죠. 여섯째 날, 하늘과 땅은, 그 안의 모든 요소들과 더불어, 마침내 완성되었습니다. 일곱째 날, 당신은 하려 했던 일을 모두 마치고 잠시 휴식에 들어갔어요. 어쩌면 그 일곱째 날이 아직도 계속되고 있는 건지 모르겠네요. 죄 없는 자들의 고통에 찬 비명이 당신한테 도달하지 못하는 걸 보면 말입니다. 당신은 모든 것이 좋았다고 했지만, 그렇지 않습니다.

나는 내 전화기의 녹음 앱의 버튼을 눌러 녹음을 시작하면서 아기에게 젖을 물리고 있는 또 다른 멜렉나즈의 옆에 쪼그리고 앉아 질문을 던지기 시작했다…:

역자 미주

1. 우리가 어린 시절에 놀던 '자치기'와 비슷한 놀이인 듯.

2. 이슬람의 예배와 순례의 중심. 이슬람 이전으로부터 고대 아랍인의 지방적 성역이었다. 그 주위는 성역화하고 전투, 수목 벌채, 동물 살해는 종교 의례상 금지되었고 또한 죄인의 피난처이기도 하였다. 이 건물은 사우디아라비아 메카 소재 '하람 성원'의 중심에 위치해 있다.

3. 이슬람 율법에 따른 결정이나 명령.

4. 이슬람 율법학자.

5. 메카로 순례 여행을 다녀온 무슬림.

6. 마드라사. 이슬람 신학과 종교법을 가르치는 학교.

7. 아잔, 혹은 아드한이라고 부른다.

8. 이드-알-아드하. 아브라함이 신의 명령에 따라 아들 이쉬마엘(이사악)을 죽이려 했던 날을 기념한다.

9. 이프타. 라마단 기간 내내 낮시간에는 금식을 하다가 해가 지고 저녁기도 시간이 되면 그 후로는 식사를 할 수 있다.

10. Raki. "증류된"이라는 의미를 지닌 아랍어 araq에서 나온 말. 포도를 두 번 증류시키거나 에탄올과 희석해서 만들기도 하는데, 45도 정도의 독주다. 알바니아, 터키, 그리스, 이란,

그리고 발칸 국가들에서 주로 마시는데, 특히 터키의 국민주라고 불린다. 일반적으로 미나릿과의 향신료인 아니스의 열매(아니시드) 추출액을 넣어서 만든다. 화자가 어린 시절의 라키 향내를 호출하는 이유는 현재의 마르딘이 극단적이고 불 관용적인 무슬림의 영향력 아래 들어가면서 일체의 음주가 불허되고 있기 때문이다.

11. 쿠르드족 노동자당. 1970년대 후반부터 터키 정부가 쿠르드족에 대해 억압적인 정책으로 돌아선 걸 계기로 1978년에 조직되었다. 처음에는 명백하게 공산주의 혁명에 의한 독립국가 건설이라는 노선을 취하고 있었지만, 차츰 쿠르드족 자치를 전제로 하는 민주적 연방제로 목표를 수정해 갔다. 이슬람 원리주의 국가를 내세우는 아이시스와 터키 양자 모두와 적대적인 관계를 맺고 있다.

12. Cercis Murat Konagi. 마르딘과 이스탄불에 실재하는 레스토랑이다. 마르딘의 것은 특히 고전적인 인테리어와 시리아 대평원을 내려다보는 전망으로 유명하다.

13. 모과 종류의 과일. 과일 그대로의 형태로 먹을 때는 삶거나 구워서 먹고, 주로 잼이나 젤리, 푸딩으로 가공해서 먹는다. 마멀레이드라는 말은 원래 퀸스 잼이라는 뜻이다.

14. 터키제국(오토만 제국)에서는 1892년에서 1915년에 걸쳐 그 사회의 경제적 주도권을 잡고 있던 아르메니아 계열의 터키인들과 터키인들 사이에 갈등이 심화하다가, 정부에서 아르메니아 인들의 강제추방을 명령하면서 백만에 달하는 아르메니아인들이 직접 살해당하거나 시리아 사막을 건너가는 과정에서 죽었다.

15. 지금도 실제로 같은 이름의 호텔로 영업하고 있다.

16. 시리아에 이슬람 국가를 세우기 위해 정부군과 싸운다는 명분을 가지고 있는 점에서는 아이시스와 같지만, 이들과는 또한 대립관계를 형성하고 있다.

17. 쿠르드어로는 랄리쉬, 또는 랄리샤 누라니라고 불린다. 이라크 북서부에 위치한 작은 산속 마을로, 야지디 교도들이 가장 성스럽게 여기는 사원이 여기에 있다. 이 지역은 B.C. 25세기에서 A.D. 7세기에 이르는 기간 동안 아시리아의 영토였는데, 이 사원은 고대 수메르 문명의 한 부분이었을 거라고 여겨진다.

18. "알라께서 원하신 대로 되었다"라는 뜻으로, 바람직한 일이 일어났을 때 쓰는 표현이다.

19. Djinn. 영어권에서는 Genies라고 불린다. 불로부터 탄생한 정령으로 영화 <알라딘> 같은

현대화된 우화에서 그려지는 것과는 달리 전반적으로 악령으로 여겨진다.

20. "내가 알라에게서 사탄을 피할 곳을 찾습니다."라는 뜻으로 꾸란을 읽기 전에, 잠에서 깨어나서, 잠자리에 들기 전에, 화가 날 때 등 거의 항시적으로 외우는 구절.

21. 터키의 전통 음식. 양고기 스튜의 일종. 사과와 토마토를 넣기도 하고 가지와 토마토, 호박 등을 넣기도 한다. 지역과 인종적 전통에 따라 다양한 변형이 있다. 아르메니아인 계열은 양고기 대신에 염소고기를 쓰기도 한다.

22. "알라는 인간이 드리는 찬양을 비롯해 그의 피조물이 드리는 찬양을 명백히 들으시도다"라는 뜻. 전통적인 기도(살라트) 순서에 따르자면 자리에서 일어나 마흔 번 반복하는 구절이다. 여기서 화자의 할머니는 손자가 등에 올라타는 걸 못하게 하고 일어나는 대신에 엎드린 상태에서 목소리만 좀 더 높이는 거로 묘사돼 있다. 화자가 기억하는 옛날의 '친절하던 이슬람교'의 모습이겠다.

23. 커피의 일종. 일반 터키식 커피와 마찬가지로 아라비카를 사용하지만 두 번 볶아 쓴맛을 강조한다.

24. "해서는 안 되는 악한 행동"을 말한다.

25. 이슬람교의 성소. '카바'는 메카에 소재한 가장 성스러운 모스크의 중앙에 위치한 "정육면체"를 일컫는다.

26. '다륄'은 수도원, '자파란'은 사프란을 뜻한다. 15세기경부터 이 수도원 주위에 사프란이 많이 자라고 있어서 붙여진 이름인데, 이 수도원 자체는 5세기경에 처음 지어졌다. 640년에서 1932년에 이르는 기간 동안 시리아 정교회 수장이 주석하던 곳으로, 시리아 기독교회의 중심 역할을 하는 곳 중 하나다. 8세기 말에 있었던 대규모 증축을 주도한 이의 이름을 따서 모르 하나뇨 수도원이라고도 불리는데, 이 사원은 원래 기원전 이천 년 경부터 이 자리에 있던 태양 사원 자리에 세워졌는데, 이 태양 사원의 일부가 아직도 남아있다.

27. 이들이 자신을 일컫는 'Ezidi에지디'란 말이 여기서 나왔다. 신, 즉 'Ezd에즈드'를 믿는 사람들이라는 뜻이다.

28. 이라크와 시리아의 국경지대에 있는 산. 이 산 밑에 있는 신자 마을은 에지디들이 모여 살던 곳으로 여기서 2014년 8월에 아이시스의 대학살이 벌어졌다.

29. '미치광이'라는 뜻. 7세기의 아라비아에 알려져 있던 카이스와 라일라의 사랑 이야기에서 비롯되었다. 카이스는 라일라의 아버지가 허락하지 않음에도 불구하고 일편단심 그녀만을 사랑해서 '마즈눈'이라는 별명을 얻는다. 라일라가 다른 남자와 결혼하게 되자 마즈눈은 그녀에 대한 사랑의 시들을 읊으면서 사막으로 들어간다. 라일라는 남편을 따라 북부 아라비아로 갔다가 거기서 병을 얻어 죽는다. 마즈눈은 그로부터 얼마 지나지 않아 라일라의 무덤가에서 숨진 채 발견된다. 이 이야기는 이후 여러 시인에 의해 반복된다.

30. 페르시아 신화의 로스탐(혹은 루스탐)을 말한다. 가장 영웅적인 전사로 일컬어진다.

31. 무하마드와 같은 존재다. 그 이름의 아랍 지역 방언인데, 이 작품에서 터키식 발음인 무하메드를 줄곧 사용하다가 여기서만 모하메드라고 쓴다. 이 시가 이라크 북부에 살았던 멜렉나즈를 독자로 삼고 있기 때문일 것이다.

32. 번개를 뜻하는 아랍어 '바르크'에 어원을 두고 있다고 한다. 이슬람 신화에 등장하는 말로, 선지자 무하마드를 태우고 메카에서 예루살렘까지 왕복하는가 하면 천국까지 데리고 가서 알라를 만나게 하기도 한다.

33. "아름다운"이라는 뜻. 형들에 의해 이집트에 팔려간 유수프(요셉)를 노예로 데리고 있던 보티파(보디발)의 아내라고 전해진다. 요셉에게 구애하다가 거절하자 그를 강간범으로 몰아 감옥에 집어넣는다.

34. <블리스>는 저자 자신이 2002년에 발표한 소설이다.

35. 이 문장에서는 '동양'과 '서양'이라고 옮겼지만, 이 말은 터키의 동쪽 끝에 있는 마르딘과 서쪽 끝에 있는 이스탄불로도 이해할 수 있을 것이다. 실제로 이 책의 다른 부분들에서는 마르딘이 위치한 지역을 일컬어서 막연히 "동쪽"이라고 이야기하는 경우가 많이 있다.

36. 아랍어로 "말하기"를 뜻한다. 이슬람 신학에서는 "신의 말"로부터 나온 개념이다.

37. 동로마 제국이 사산 왕조가 다스리던 페르시아와 국경을 맞대고 있던 6세기경의 군사 요충지역에 당시 동로마 제국에서 건설한 요새의 잔해가 남아있다.

38. 혹은 랄리쉬. 이라크 북부에 있는 에지디 마을이자 그들의 성지인 사원이 있는 곳이다. 이 사원은 그 연대가 기원전 이천오백 년까지 거슬러 올라간다. 이 마을의 역사는 기원전 사천 년까지 거슬러 올라가는데, 모든 에지디들이 평생에 반드시 한 번은 순례해야 하는 곳으로

여겨진다. 2014년을 기점으로 아이시스가 신자의 에지디 마을을 습격했을 때 살아남은 이들은 시리아를 거쳐 이곳으로 가거나 터키로 넘어왔다.

39. 허가를 구한다는 뜻과 비키라고 하는 뜻이 같이 들어 있는 말이다.

40. 이라크 중부의 카르발라에서 7세기 후반에 일어난 사건. 특히 시아파 이슬람에는 중요한 의미를 지닌 사건이 된다.

41. 고대 그리스에서 시작돼서 북쪽 스칸디나비아까지 올라간 점술법. 주로 신년 벽두에 행하는데, 납이나 주석을 녹인 후 차가운 물에 부어 굳힌 뒤 직접 읽거나 촛불에 비춰 그림자를 읽는다.

42. 아랍어에서 셰이크는 부족의 원로, 성직자 역할을 하는 노인, 또는 이슬람 학자를 뜻한다.

43. 구전되어 내려오던 조로아스터교의 텍스트들을 페르시아의 사산 왕조 시기에 집대성한 문서.

44. 바빌로니아의 왕. 여기서 언급되는 건 엘람의 정복과 마르둑 신상의 탈취로 유명한 느부갓네살 1세(재위 기간 대략 1125-1104 B.C.)일 가능성이 크고, 성경의 다니엘서에서 자주 언급되는 느부갓네살은 재위 기간이 대략 605-562 B.C.인 신바빌로니아의 느부갓네살 2세다.

45. 이슬람제국의 황금기를 이끈 왕으로 불린다. 5대 칼리프로 재위 기간은 786-809. 바그다드에 바이트 알-히크마(지혜의 집)라는 이름으로 도서관을 세웠고, 이 무렵부터 바그다드는 지식과 문화, 무역의 중심지로 주목받는다.

46. 북으로 흑해, 서쪽으로 에게해, 남쪽으로 지중해를 두고 있는 아나톨리아 반도를 말한다. 지금의 터키 영토의 상당 부분을 이루고 있다. 아시리아, 히타이트, 그리스, 페르시아, 마케도니아, 오토만 등이 이 지역에 기반을 뒀거나 여기까지 영토를 확장했었다.

47. 칼데아는 메소포타미아의 양대 강인 티그리스와 유프라테스 사이에 기원전 10세기에서 6세기경까지 있던 나라다. 바빌로니아에 복속되면서 사라졌다.

48. 인도의 동부 지역에 거주하는 아수르인들의 언어. 인도의 동부와 방글라데시에서 쓰이는 언어군. 크게 보면 인도차이나반도의 몽족, 크메르, 베트남어 등도 이 계열에 속한다.

49. 13세기경의 페르시아의 수니파 무슬림 시인이자 법률가, 율법학자, 신학자, 수피 신비

주의자. 대부분의 이슬람 문화권에 큰 영향을 끼쳤다. 주로 페르시아어로 썼지만, 터키어, 아랍어, 그리스어로도 썼다.

50. 물론 고유명사지만, '무용수'라는 뜻을 가지고 있다.

51. "수주크" 자체가 소시지라는 뜻. 이탈리아의 살라미처럼 건조하고 짜게 만든다.

52. "알라는 위대하시다"는 뜻.

53. 메카로 순례를 다녀오는 일.

54. "신을 찬양하라"는 뜻.

55. "회개하라, 회개하라"라는 뜻.

56. Constantine P. Cavafy(1863-1933). 부모는 그리스인이었지만 콘스탄티노플에서 태어나 알렉산드리아에서 주로 살았다. 그리스어로 글을 쓰는 시인이자 언론인, 영국 식민지 하의 공무원이었다.

57. 작중 인물 이브라힘의 거주지는 보스포루스 해협의 서쪽으로 유럽에 붙어 있고, 마르딘은 터키의 남동쪽, 시리아와의 접경지대에 있는 아랍문화권 지역이다. 이브라힘은 터키 내 서부지역과 동부지역의 차이를 서양과 동양의 차이와 병렬적으로 놓고 사용한다.

58. 파키스탄 북동부의 도시. 지금은 펀잡 주의 주도이고, 16세기 초반에서 18세기 중반에 걸쳐 무굴 제국의 수도로서 건축과 직조, 염색 등이 발달했다.

59. 아불레카짐 페르도우지 투시(c. 940-1020). 페르시아의 서사시인. 한 사람이 쓴 시 중에서는 가장 길다고 하는 <샤나메(열왕기)> 등을 남겼다.

60. '수호자', 또는 '기억하는 자'라는 뜻. 꾸란을 모두 암송하는 사람을 말한다. 이슬람이 종교로 성립되던 7, 8세기에는 아랍세계 대부분이 문맹이었고, 문자체계에는 모음과 발음부호가 없어서 단어와 단어를 구별하기가 어려웠다. 따라서 해석이 불분명한 문장의 경우 글보다 구술을 더 신뢰했다고 한다. 이슬람 전승에 의하면 7세기경에는 꾸란을 완전히 암송하는 사람이 만 명에서 만오천 명 정도 있었다고 한다. 이들은 낭송자로도 활동했다.

61. 13세기경 활동한 페르시아의 시인.

62. 6세기경 아랍 시인. 이슬람 이전 시대의 시인. 부족 시대 킨다 족의 왕자였다. 어린 시절부터 시를 쓰면서 술과 여자에 빠져 있어서 부왕이 왕국 밖으로 쫓아냈는데, 부왕이 아사드 족에

의해 암살당하는 사태가 벌어지자 돌아와 술과 여자를 모두 멀리하면서 아사드 족을 상대로 피의 복수를 벌이고 아버지의 왕국을 재건하려는 노력에 여생을 바쳤다는(그러나 본인은 왕이 되지 못했다) 매우 흥미로운 전설의 주인공이다.

62. "고마워요"라는 뜻

64. 재위 기간 656-661. 이슬람으로 개종한 첫 번째 남자라는 타이틀을 가지고 있다. 칼리프는 이슬람의 예언자 무하마드의 후손이자 전체 무슬림 사회의 지도자를 일컫는다. 당시의 칼리프는 선출직이었다. 한편으로는 관용을, 한편으로는 이슬람법의 엄격한 집행을 병행시킨 전형적인 이슬람식 정부를 운용했다고 받아들여진다.

65. 6세기 중반에 활동했던 아랍의 시인.

66. "매달려 있는 시편들"이라는 뜻. 일곱 명의 시인이 아랍어로 쓴 일곱 편의 장시를 묶어놓은 것이다. 이슬람 시대 전에 쓰인 시들 중 가장 잘 알려진 작품들이다. 메카의 지성소에 매달아 놓은 시편들이라는 뜻도 있고, 독자들의 마음속에 매달려 있는 시편들이라는 뜻도 있다고 한다. 이 작중 인물은 그중에서 이므루 알 카이스가 쓴 한 편, '키파 나브키(멈춰 서서 울게 하소서)'를 가리키고 있다.

67. '검은 돌'이란 곧 검은색 화강암으로 지어진 정육면체 건물인 지성소—카바를 말하며, 거기에는 금색으로 꾸란 구절이 새겨져 있다.

68. 한 해에 한 번 메카로 향하는 순례 여행. 이슬람을 지탱하고 있는 다섯 개의 기둥 중 하나라고 불리며, 무슬림 남자는 최소한 평생에 한 번은 이 여행을 수행해야 한다.

69. 토라는 "가르침"이라는 뜻으로 유대교 신앙의 중핵을 이룬다. 구약의 첫 다섯 권을 토라라고 하는데, 따라서 토라의 신은 야웨를 뜻한다.

옮긴이의 말

이 이야기의 화자는 이브라힘이라는 사내다. 이스탄불에 있는 한 일간지의 기자이고, 얼마 전에 아내와 이혼을 마무리 지은 상태다. 이브라힘은 신문사 편집회의에 올라온 사건들 중에서, 어린 시절 친구의 살해사건이 들어 있는 걸 발견한다.

터키는 남한의 대략 여덟 배 가까운 넓은 땅을 가진 나라다. 동서로 두툼하게 길게 뻗어 있는 이 땅은 서쪽으로는 불가리아 및 그리스와 동쪽으로는 조지아, 아르메니아, 이란, 이라크, 시리아 등과 국경을 맞대고 있다. 그리고 북으로는 흑해, 남으로는 지중해에 접하고 있다. 동쪽은 중동의 사막 문화에 가깝고, 서쪽은 유럽 문화에 더 가까운 문화적 특성을 가지고 있다. 기후도 서쪽이 온난한 지중해성 기후라면 동쪽은 엄혹한 고원과 사막 지역의 특성을 가지고 있다.

이브라힘은 동쪽의 끝 마르딘에서 태어나 유년시절을 보냈지만 그 후로는 서쪽 끝 이스탄불로 건너가 거기에서 교육받고 성인이 되어 직장을 얻었다. 마르딘 사람들이 터키어 외에 아랍어를 자유자재로 사용하는 반면, 이브라힘은 그 유년의 말을 대부분 잊었다. 아랍어가 있던 자리에 이브라힘은 서양 고대의 언어 라틴어를 채워 넣었다. 이브라힘이 왜 마르딘으로 향했는지에 대해 작가는 상세한 설명을 제공하지 않는다. 동쪽의 끝, 이스탄불에서 비행기로 불과 두 시간 거리지만 사는 방식으로 따지자면 천 년 전으로 돌아간 것 같은 마르딘에 살던 친구 후세인, 오래된 과거의 사람인 친구 후세인이 그 나라의 서쪽 끝인 이스탄불을 넘어 더 서쪽으로 가야 있는 미국, 미래의 나라인 그곳에 가서 살해당한 뒤 시신이 되어 고향으로 돌아온 사건은 도대체 현재의 이브라힘에게 어떤 의미를 가지고 있기에 그가 과거의 땅으로 찾아간 것일까. 어쩌면 화자 이브라힘에게 이 일은 다른 살인사건과 크게 다른 일이 아니었을지도 모르겠다. 다만 그가 아는 지역에서 살던, 알고 지내던 사람에게 벌어진 일이기 때문에 편의상 '배당'된 일에 불과한 건지도 모르겠다.

유년시절에 떠난 후 처음으로 찾아간 고향 마르딘은 사막의 붉은 모래바람으로 이브라힘을 맞이한다. 그 모래바람은 이브라힘이 어린 시절에 맞던 것과 똑같은 것이지만, 고향 마을의 다른 것들은 오히려 어린 시절보다도 더 과거로 돌아간 것처럼 보인다. 이슬람의 율법주의는 더욱 엄격해져서 아시리안 기독교인이 운영하는 가게가 아니면 와인 한 병 사기 어렵고, 밤이 되면 아이시스를 추종하는 이슬람 극단주의자들의 폭력이 두려워서 모두들 바깥출입을 삼가는 지경에 이르렀다. 이브라힘은 친구 후세인의 죽음을 추적해가는 과정에서 자신의 고향마을이 이슬람 극단주의에 의해 얼마나 망가졌는지를 알게 됨과 동시에, 망가지기 전에 항상 그곳에 공기처럼 있었던 마르딘의 과거, 사막 지역의 고대 문화 속으로 점점 빠져들어 간다.

*

이 책의 작가 쥴퓨 리반엘리Zülfü Livaneli는 우리에게는 그
다지 잘 알려져 있지 않은 이름이지만, 터키에서는 정치, 외교, 음
악, 영화, 문학 등 다양한 분야에서 가장 영향력 있는 인물 중 한 사
람이다. 리반엘리는 1946년에 터키의 중부 소도시 일긴에서 태어나
수도 앙카라에서 주로 성장했다. 리반엘리는 어릴 때부터 터키의 전
통 현악기인 사즈를 배웠고 음악인으로서의 활동을 먼저 시작했다.
리반엘리는 일찍부터 사회민주주의자로서의 사상적 정체성을 가지
고 활동을 시작했고, 71년에 군사 쿠데타 때 체포와 투옥을 반복하
다가 결국 유럽으로 망명했다. 스톡홀름, 파리, 아테네, 뉴욕 등지
로 이어진 이 망명 생활은 84년에야 마무리되었는데, 망명 초기인

73년에 발표한 앨범 터키 혁명가요집이 국내에서 선풍적인 인기를 끌면서 이름을 알리기 시작했다. 망명 기간 동안 그는 열 개가 넘는 음반을 내놓았고, 82년 칸 영화제에서 황금종려상을 수상한 〈길Yol〉을 비롯한 여러 영화음악의 작곡가로서도 활동했다. 뿐만 아니라 그는 엘리아 카잔, 아서 밀러, 제임스 볼드윈, 피터 유스티노프 등의 감독/작가들과 교류하면서 단편소설집을 내놓기도 하는 등, 서서히 음악 분야를 넘어 종합예술인으로서의 면모를 구축해 나갔다. 귀국 후에는 그리스와의 관계개선을 적극적으로 주장하는 등 평화주의적 정치인으로서의 활동을 적극적으로 전개했지만, 싱어송라이터로, 작가로, 또한 영화감독으로도 쉼 없는 창작활동을 펼쳐왔다. 그의 영화 〈무쇠땅, 구리하늘Iron Earth,

Copper Sky〉는 87년 칸 영화제의 '주목할 만한 시선' 부문에 선정되기도 했고, 2002년에 터키에서 베스트셀러가 된 후 모두 열한 개의 언어로 번역되었고 2007년에 동명의 영화로 만들어지기도 한 장편소설 〈더없는 행복Bliss〉은 이슬람 문화권 작가로는 처음 본격적으로 명예살인의 문제를 다루면서 미국을 비롯한 영어권 시장에서도 상당한 주목을 끌었다.

이 책 〈불안〉은 2017년에 발표되었다. 그의 아홉 번째 소설이다. 리반엘리는 젊은 시절의 십사 년가량을 해외에서 망명객으로 살았고, 여러 개의 외국어에 능통하다고 알려져 있다. 그러나 그는 자신의 모국어인 터키어로만 썼다. 그의 작품들 대부분이 불어,

독어, 그리스어 등으로 번역되었지만 역자가 이해하는 언어로 옮겨진 것은 위에서 잠시 언급한 〈Bliss〉(영어)와 〈살모사의 눈부심〉(한국어, 이난아 역. 유럽에서는 〈콘스탄티노플의 환관〉이라는 뜻의 제목으로 번역되었다) 두 권이 전부다. 그러니 역자로서는 그의 작품 세계의 전체적인 맥락에 대한 이해를 향한 통로가 봉쇄된 상태에서 번역을 한 셈이고, 이 글을 쓰고 있는 셈이다. 무모한 짓이다. 중역에서는 오역의 가능성이 필연적으로 높아진다. 그럼에도 불구하고 감히 번역을 하겠다고 나선 것은 이야기가 너무나 분명하고 강렬해서 큰 오해의 소지는 없을 거라고 판단했고, 가능한 한 빨리 공유되어야 하는 내용이라고 생각했기 때문이다. 독자의 혜량을 바란다.

옮긴이 **고영범**

서울에서 태어나 서울에서 자랐다. 학부에서는 신학을, 미국에서 다닌 대학원에서는 영상제작을 공부했다. 대학에 다니는 동안에는 민중문화운동연합에서 대본 구성하는 일을 했고, 미국으로 건너간 뒤로는 주로 뉴욕에서 영상제작과 관련된 일을 하다가 2002년부터는 다시 문자로 하는 일로 돌아와 번역, 희곡, 시나리오 작업을 했다.

단편영화 〈낚시가다End of Summer〉(35mm, 13분. 2000년 오버하우젠 영화제 선정작)를 비롯해 다수의 방송용 다큐멘터리를 만들었고, 〈태수는 왜?〉, 〈이인실〉, 〈방문〉, 〈에어콘 없는 방〉(2016년 벽산희곡상 수상작) 등의 희곡을 썼다. 〈시나리오 어떻게 쓸 것인가〉, 〈로버트 로드리게즈의 십 분짜리 영화학교〉, 〈레이먼드 카버: 어느 작가의 생〉, 〈다이알로그〉(민음인. 근간 예정) 등의 단행본과 〈예술하는 마음〉 등 다수의 희곡을 번역했다.

불안
huzursuzluk

ⓒOmer Z. 리반엘리 2018

초판 1쇄 발행 2018년 9월 29일

지은이 Omer Z. 리반엘리 | **옮긴이** 고영범

펴낸곳 도서출판 가쎄 [제 302-2005-00062호]
주소 서울 용산구 이촌로 224, 609
전화 070. 7553. 1783 / **팩스** 02. 749. 6911

ISBN 978-89-93489-78-4 03830

값 13,800원

www.gasse.co.kr
berlin@gasse.co.kr